I0561279

Primera edición: diciembre de 2014

Imagen de cubierta: Kerman Rodríguez

ISBN: 978-84-617-3232-6

Depósito legal: M-008474/2014

Queda prohibida, salvo excepción prevista en la ley, cualquier forma de reproducción, distribución, comunicación pública y transformación de esta obra sin contar con autorización de los titulares de la propiedad intelectual. La infracción de los derechos mencionados puede ser constitutiva de delito contra la propiedad intelectual (arts. 270 y sgts. Código Penal)

A.R. Morena

DEAMBULANDO
POR LA VIDA

En Compañía de Vampiros III

www.armorena.com

Continuamos soñando...

Dedicado a todos mis seguidores en las redes sociales que con sus comentarios, me animan a seguir con esta saga.

Espero que disfrutéis esta historia con el mismo entusiasmo que las dos anteriores.

Prólogo

17 de agosto de 1780

Buenos Aires

El Dr. López de Mendoza llegó a Buenos Aires, procedente de México, para ayudar a instaurar el Protomedicato del Río de la Plata.

La independencia de las ciudades argentinas del Virreinato del Perú, había impulsado la creación del Protomedicato de Buenos Aires, en 1779. Aunque su puesto en México era mucho más importante jerárquicamente hablando, como médico que ejercía por vocación, no había querido perder esa gran oportunidad.

La ciudad, al hacerse cada vez más grande y poblada, tenía graves problemas sanitarios y sufría frecuentes oleadas de pestes. Otro de los puntos conflictivos, era una de las luchas eternas de la medicina: el problema del curanderismo.

Ese último punto, era el que le habían encomendado a él. Tendría que terminar con la antigua costumbre de esas gentes vulgares del País, opuestos a médicos, que reducían su ciencia a cuatro yerbas o emplastos aplicados a su antojo en varias partes del cuerpo, algunas recetas mal compuestas y peor indicadas que llamaban remedios caseros, con que pensaban curar todas las enfermedades que se conocían.

Charlatanes.

Miguel dejó su equipaje sin desempacar, en la casa neocolonial que había alquilado en el barrio de San Telmo e inmediatamente después, fue a presentarse al edificio donde se procedería a la jura del cargo ante el Virrey Vértiz, para crear el primer Tribunal del Protomedicato de Buenos Aires. El viaje había sido de lo más accidentado debido al mal tiempo en la mar, haciendo que el buque tardara tres días más de lo estimado en llegar a su destino. Esa fue la razón de haber contado con tan poco tiempo para instalarse. Al perfecto doctor siempre le había gustado llevar todo muy bien planificado y hacer las cosas con tiempo pero, en este caso, había sido imposible.

Llegó al antiguo convento Betlehemita, una hora antes de que diera comienzo el acto de jura. Entró por la puerta, atravesando el pasillo de magnolias que la precedían con la seguridad que le daba tener un cargo Real en la época y se dirigió, solemne, hacia la sala en la que había varios colegas, reunidos en corrillos, esperando a que diera comienzo el acto.

Todo comenzó y terminó en muy poco tiempo, sin las pompas a las que él estaba acostumbrado en el Viejo Mundo.

El Tribunal quedó constituido por el Protomédico; un Conjuez; los examinadores para las facultades de de Medicina, Cirugía, Farmacia y Flebotomía; un abogado asesor; otro para el Fiscal; un Escribano, un Alguacil Mayor y un Portero. Cada uno cogió su documento acreditativo sellado y lacrado y después de una pequeña recepción, cada uno se fue por donde había venido. No parecía que el Virrey estuviera muy conforme con los cambios impuestos desde estancias superiores.

Miguel comenzó su trabajo al día siguiente de obtener su nombramiento. Su primera misión seria desacreditar a todos los charlatanes de la ciudad y para eso, tenía que informar a la población de la verdad sobre esas prácticas.

Ordenó repartir circulares por todos los barrios de la ciudad, incluyendo los bajos fondos, explicándoles la peligrosidad de esas prácticas. Con esto esperaba que las gentes le informaran de donde estaban dichos farsantes, pero ese tipo de prácticas eran tan comunes que nadie se molestó en denunciarlas.

Los charlatanes, lo único que hacían, era cobrar por no hacer nada. Aunque él tenía claro que esto no le iba a dar buena fama entre ese colectivo de intrusistas, era algo que no podía dejar de hacer si quería que la población tuviera una sanidad de más o menos calidad.

Por lo menos, para el que pudiera pagarla.

Algunas noches iba por las tabernas y burdeles, para mezclarse con el pueblo e intentar localizar a los curanderos más populares de la ciudad. La idea era convencerles de que dejaran la práctica o, en todo caso, se matricularán en la escuela de medicina que estaban comenzando a instaurar. Pero estos curanderos no eran los que más le preocupaban, pues sus técnicas no eran del todo malas. Los que realmente le sacaban de sus casillas eran los charlatanes. Pues estos utilizaban el charlatanismo, no para llegar al fin sincero de curar o beneficiar, si no el de embaucar.

Esa noche había salido con la idea de localizar a uno en su barbería que, extrañamente, sólo abría por la noche.

Sospechaba que el negocio era poco con las barbas y más con las malas prácticas contra las que había ido a luchar.

En ese tipo de establecimientos lo que más ingresos les producía era la lanceta, porque las sangrías estaban en auge en el sistema curativo y el barbero sangrador, sacaba mucho provecho en ese oficio.

Miguel entró en el local para ser atendido como un cliente más, llevaba poco tiempo en la ciudad y de momento, podía pasar desapercibido. El barbero le invitó a sentarse mientras preparaba los jabones para el afeitado.

Le llamó mucho la atención la tez del sujeto, era especialmente blanca y perfecta. Miguel lo racionalizó por la práctica de las sangrías en sí misma.

Cuando hubo terminado con el trabajo, el barbero le hizo la proposición.

- *¿Estaría interesado en alguno de nuestros otros servicios? – el barbero le hablaba mientras recogía el instrumental.*

- *Esos servicios ¿de qué se tratan? – Miguel hacía como que no sabía de qué iba el tema.*

- *Le podría realizar una sangría para curar cualquier dolencia de la cual se vea afectado.*

- *¿En donde seria realizada dicha sangría?*

- *En la trastienda tengo todo el material. ¿Si me acompaña?*

Miguel siguió al altísimo charlatán. Quería ver con sus propios ojos el sitio donde se realizaban esas inútiles técnicas.

El lugar estaba equipado con dos taburetes, con una palangana en el centro, para recoger la sangre derramada. El barbero sacó de un cajón una bandeja con el material cortante, una gamuza limpia y se sentó en el taburete, indicándole a Miguel que ocupara el otro. Cuando el doctor se sentó en el lugar indicado, el barbero le tomó el brazo dispuesto a realizar la incisión. Miguel se lo retiró de un tirón levantándose de su asiento indignado.

- *Soy el Dr. López de Mendoza, miembro del Tribunal del Protomedicato del Río de la Plata – se identificó amenazante.*

- *Encantado de conocerle – el farsante no se inmutó lo más mínimo.*

- *Le exijo que deje de realizar funciones que no le corresponden – Miguel no se podía creer la actitud de pasotismo del hombre.*

- *Usted es el que ha venido a mí. Nadie le llamó – el barbero le hablaba mientras volvía a guardar el material en el cajón.*

- *Estas prácticas irregulares se van a prohibir, solamente estoy informándole de que deje de hacerlo por las buenas o...*

- *¿O qué? El hombre le miró por primera vez directamente a los ojos.*

- *Yo... le denunciaré – Miguel se quedó paralizado cuando vio el color antinatural de los ojos del hombre.*

- *Eso no lo puedo permitir.*

En cuestión de decimas de segundo, su espalda se estrelló contra la pared, el golpe fue tan brutal que perdió el conocimiento inmediatamente.

Cuando despertó estaba tumbado en el suelo. No sabía el tiempo que llevaba allí, podían ser desde cinco minutos a varias horas. Miró a su alrededor en busca del extraño hombre con el que había estado discutiendo.

El extraño barbero le miraba desde un rincón de la habitación, sentado en uno de los taburetes.

- ¿Qué eres? – Miguel habló con un hilo de voz. La garganta le ardía.

- Lo mismo que tú.

- ¿Cómo? – Miguel no entendía nada.

- Si vas a quitarme la forma en la que me alimento. Tu mismo lo sufrirás en tus propias carnes.

- ¿De qué hablas? No entiendo nada de lo que me dices.

- Es muy sencillo ¿Tienes sed?

- La garganta me arde ¿Qué me has hecho?

- Te lo explicaré enseguida, pero antes tienes que contestarme a una pregunta – el hombre se levantó del taburete y se acercó a él – en este caso, tienes derecho a elegir.

- Hágala – dijo altivo.

Miguel pensaba que en cualquier momento despertaría con una altísima fiebre en la cama de su casa.

El hombre le miró directamente a los ojos, con tal intensidad, que a Miguel le pareció que le atravesaba hasta llegar a su cerebro.

- ¿Está dispuesto a afrontar el futuro?

Capítulo 1

Todo era perfectamente… desconcertante.

Skule se había imaginado el reencuentro con su doctor como algo idílico. Iba a ser como en una de esas novelas rosas, en las que los dos protagonistas corrían por la playa con los brazos abiertos, para terminar besándose enredados por sus extremidades mientras las olas del mar le acariciaban la piel, al desvanecerse en la arena.

Menuda estupidez.

Nada más alejado de la realidad.

Miguel estaba excesivamente posesivo con respecto a ella y le estaba ahogando.

Desde que se había despertado del coma, el buen doctor no la dejaba ni a sol ni a sombra. Aunque él le decía que necesitaba asimilar la nueva información con la que contaba, ella se temía que hubiera también algo de, demasiada posesividad, con respecto a su persona. Hasta ese momento se había dejado hacer porque se sentía culpable por haber estado tan ciega.

Miguel le había contado, que su verdadero padre era el vampiro con el que, su mentirosa madre, había estado obsesionada durante todos esos años. Que por cierto, había huido sin asegurarse de que ella estuviera muerta.

¿Cómo había sido capaz?

Aunque Skule estaba segura que ella volvería a por venganza, su orgullo no le permitiría otra cosa.

Por lo visto él tal Tom, había sido engañado por Nanna y su falso y estéril padre Albert, para conseguir tener un hijo con el que empezaran, no sé qué locura, de raza aria brujo/ vampírica.

Aunque Skule agradecía la preocupación de Miguel para que ella no sufriera, le sentaba como una patada en el culo que no contara con su opinión. Después de intentar convencerle por las buenas de que quería tener un encuentro con Tom y, de que él le dijera por enésima vez que era demasiado pronto, decidió coger al toro por los cuernos y actuar por su cuenta.

Se acabó la fachada de hembra sumisa. Ella no era así.

Esa noche había una fiesta a la cual los dos estaban invitados. Había escuchado la conversación telefónica en la que Miguel se había escusado para no ir.

En ese momento, sin decir una palabra, acababa de decidir que aceptaría la invitación.

Skule había pedido a Mary que le consiguiera ropa adecuada, pues ella solo contaba con el pijama con el que estaba desde que llevaba ingresada en la clínica, en cuanto pudiera iría al hotel, pagaría la cuenta y recogería sus cosas.

La enfermera le había traído la ropa negra, perfectamente lavada y planchada, que llevaba el día que recibió el disparo. Como la camiseta había quedado inservible, la amable vampira le había facilitado una con las que contaban en la clínica, que eran las que se quedaban olvidadas por pacientes que se les daba el alta. Estas se lavaban y se tenían en depósito por si alguien las reclamaba, cosa que rara vez ocurría. Nadie iba a un hospital, en el que normalmente no se había pasado un rato agradable, para reclamar un suéter.

Skule se duchó y se vistió en la habitación de invitados del apartamento de Miguel, en la que llevaba instalada desde hacía un par de días. Ella, cuando el doctor le propuso trasladarla a su apartamento, se hizo ilusiones de que dormirían juntos, pero él la llevó directamente a la otra habitación con la que contaba y, dándola un beso en la mejilla, la dejó sola para que se instalara.

¿Dónde estaba el caliente vampiro que había conocido en Berlín?

Pues si pensaba que ella se iba a tirar a sus brazos, como una damisela enamorada, lo llevaba claro.

Cuando terminó de vestirse, abrió el armario para ver si tenía allí alguna cazadora o abrigo que ella pudiera utilizar. Su abrigo de piel, el cual llevaba cuando le dispararon, estaba solitariamente colgado en una percha.

Miró dentro de los bolsillos y allí estaba su cartera con la documentación, su dinero y sus queridas gafas de sol. Se lo colocó y salió por la puerta hacia el pasillo de la clínica en dirección a la calle.

Miguel la interceptó en la recepción.

- ¿Te vas sin despedirte? - la neutra voz de él no pudo esconder un punto de dolor.

- Voy a la calle. Necesito salir de estas cuatro paredes – Skule se dio la vuelta para encarar al doctor - ¿necesito tu permiso?

- Yo… no… estás bajo mi protección, todavía estás convaleciente – Miguel no pudo evitar sonrojarse levemente.

- Gracias a tus cuidados me encuentro perfectamente, necesito respirar el aire de la calle. Además…

- ¿Además?

- No soy una cría Miguel, necesito encarar mis problemas por mí misma. Voy a ir a la fiesta que se celebra hoy, para hablar con mi verdadero padre.

- Pero yo… nos he disculpado para no ir…

- ¿Y tú quien eres para decidir por mí? – Skule cruzó sus brazos en un gesto de distanciamiento – te agradezco mucho que me salvaras la vida, pero he sobrevivido sin ti más de un siglo, no soy de tu propiedad.

Con las mismas se dio media vuelta y salió hacia el aparcamiento para coger el ascensor.

***

Miguel, después de reaccionar ante el rapapolvo que acababa de recibir, no salió detrás de Skule, básicamente porque no había anochecido. Era la primera vez que envidiaba a los humanos y, a algunos afortunados mestizos, por su inocuidad a la luz solar.

No entendía la reacción de ella, le había tratado con todo el respeto que su férrea educación le marcaba. Solo él sabía lo que le estaba costando no lanzarla sobre la cama y devorarla como un poseso.

La mente femenina era un gran misterio. Un estudio científico reciente, revelaba que los hombres no eran capaces de entender la mente de las mujeres, ni deducir lo que piensan o sienten. Según dicho estudio, todo estaba relacionado con la evolución...

Mientras le daba vueltas a la cabeza, se dirigió a paso lento, dubitativo, hacía la consulta para hacer tiempo. Terminaría de redactar el informe que había dejado a medias en el ordenador cuando había sentido el impulso de ir a ver como estaba Skule y se iría a la fiesta de sus amigos.

En cuanto hubo terminado, cerró la carpeta y se fue hacia su apartamento para ducharse y arreglarse. El cerebro le echaba humo por la incertidumbre de no saber dónde estaba su amada. La frase "no soy de tú propiedad" le quemaba en la mente, como si le hubiesen metido plata liquida por los oídos.

Joder, tenía razón. Se estaba comportando como un maldito psicópata posesivo. Pero que le mataran si podía evitarlo.

Salió a la calle un segundo después de que anocheciera y se dirigió andando hasta el Hematology, quedándose en la esquina de la calle para esperar a que Skule apareciera. Miguel miraba su reloj impaciente. Había pasado más de una hora y ella no hacía acto de presencia.

El vampiro en él, sabía que no estaba dentro del club. Hacia unas semanas había bebido, sin que nadie le viera, un poco de sangre de ella sólo por si acaso, procedente de una muestra que le había extraído cuando ella estaba en coma. Esto le permitía saber que ella estaba por la zona. Pero, con toda seguridad, no se encontraba dentro del local.

Después de una hora, Miguel decidió ir hacia el club y esperarla dentro. En ese momento reconoció la hermosa melena rubia que se acercaba de espaldas a él hacia la puerta del club. Sin hubiera tenido alguna duda de si era ella o no, la cara de los dos porteros al verla se la habría disipado al segundo, estas eran todo un poema. Les iba a tener que cerrar la boca con cirugía.

Hizo cálculos y cayó en la cuenta que, según el camino que llevaba la mestiza, había tenido que pasar cerca de él sin más remedio y, con total seguridad, le habría visto mientras él estaba sumido en sus pensamientos y no se había dado ni cuenta. Se sonrojó de la vergüenza de ser pillado así. Tendría que empezar a acostumbrarse a que su mujer era una guerrera y no una confiada civil.

Mientas entraba detrás de ella en el club, fue consciente de que tenían muchas cosas de las que hablar.

Al entrar en la sala casi se da de bruces con ella, que se había quedado parada en la escalera mirando fijamente a Tom. Este a su vez la miraba a ella y todos los vampiros de la sala, mas los tres humanos que sabían de su existencia y se encontraban en la fiesta, eran conscientes de la situación.

Miguel al pasar junto a Skule le tomó de la mano y la llevó al lado a su padre. Miró a Tom con un gesto de advertencia, el cual el rubio vampiro ignoró y, besando en la mano a su amada los dejó allí solos, para que hablaran tranquilamente.

Él pidió una copa de brandy en la barra y se dirigió a la mesa en la que estaban sentados Carlos y Jimena con varios de los trabajadores del salón, para tomar su bebida en silencio. Todos prosiguieron con lo que estaban haciendo antes de que ellos llegaran, como si alguien hubiera dado de nuevo al play.

***

Tom miraba a su hija sin saber que decir. La mente de su amigo y yerno era todo un poema, estaba entre el ruego y la amenaza. Aunque Tom, como macho vinculado le entendía, también le jodía bastante que no confiara en él con respecto a su hija. Jamás podría hacer nada que le dañara.

- ¿Quieres beber algo? – Tom rompió el hielo.

- Lo mismo que tú – Skule se sentó en el taburete de la barra.

Tom le pidió una Bud y se la tendió junto a una copa de cristal. Skule dejó la copa en la barra y dio un largo trago a la cerveza directamente de la botella, volviendo a dejarla en la barra.

- No sabía que fueras mi padre – Skule comenzó la conversación.

- Yo no sabía que tuviera una hija – Tom jugaba nerviosamente con su bebida.

- Mi madre me ha estado utilizando toda mi vida, me dijo que eras el asesino de mi padre y que por eso tenias que morir…

- No hace falta que me lo expliques con palabras, no puedo evitar el saber lo que hay en tu mente.

Desde que la rubia mestiza había aparecido en la sala, Tom había percibido todos sus pensamientos, era imposible evitarlo. Su don era mucho más fuerte con respecto a ella y, aunque había intentado no leerle la mente, le había sido imposible.

- Yo también percibo lo que estás pensando y, créeme, no lo puedo evitar.

- Pues en ese caso, sobran las palabras. Solo te diré una cosa en voz alta, sé que no nos conocemos, aunque siento que eres parte de mí, si me necesitas aquí me tienes para cualquier cosa que yo pueda darte, pero si intentas hacer algo malo a mis amigos... no te lo perdonaré en la vida. Necesito que me jures en voz alta que jamás dañaras conscientemente a nadie de esta sala, o que sea importante para cualquiera de nosotros.

- Lo juro – Skule se puso la mano en el corazón solemnemente– jamás hubiera apoyado a Nanna si hubiera sabido la verdad. Desde este momento, renuncio a ella como madre – Skule sabía cómo era su madre, pero después de leer los pensamientos de su padre, no se lo podía creer. Nanna era más que malvada.

Tom cogió a su hija de la mano y la llevó por todos y cada uno de los corrillos en los que estaban repartidos sus amigos, presentándola como su hija a todos ellos.

Cuando casi hubo terminado, buscó a la única persona que le faltaba por presentar a su hija y enseguida la localizó. Marta estaba sentada en la barra, tomándose una bebida, mientras hablaba con Carmen, que estaba de nuevo ejerciendo de camarera. Tom se dirigió hacia allí con Skule. Cuando llegó a su altura cogió a la pelirroja por la cintura para darla la vuelta.

- Hola – Tom la besó en los labios – quiero presentarte a alguien.

- Hola – Marta estaba visiblemente nerviosa – se había bebido medio vaso de dos tragos.

- Ella es Skule, mi hija – Tom sujetaba la mano de Marta intentando tranquilizarla.

- Hola Skule, encantada de conocerte – Marta se levantó de su asiento y, poniéndose de puntillas, le dio dos besos al más puro estilo de las presentaciones en España.

- Ho... hola – Skule se quedó igual de sorprendida, que cuando le habían presentado a la morena embarazada, esta también le había dado dos besos. Para una medio nórdica, que se había criado con la mujer más fría del universo, esa cercanía con alguien que acababas de conocer era incomprensible. Además juraría que esa mujer era...

- Marta te mantuvo con vida hasta que Miguel pudo operarte – Tom intentó romper el hielo.

- Solo porque te disparé primero.

- Fue algo instintivo... - Tom comenzó a disculparla.

- Está bien. Aunque parezca una locura, creo que te lo agradezco, si no lo hubieras hecho... - Skule no le guardaba ningún rencor a la pareja de su padre, de hecho, la entendía.

- Eso nunca lo sabremos. A partir de ahora miraremos hacia delante. Lo pasado, pasado está – Tom cortó con las lamentaciones.

Los tres estuvieron hablando durante mucho tiempo, intentando conocerse. Al cabo de un buen rato Skule se disculpó y fue a buscar a otra de las personas con la que tenía que aclarar muchas cosas.

***

Miguel no sabía cómo actuar, por una parte quería ir donde estaba Skule y apoyarla en este momento tan importante de su vida y, por otra, se sentía en la obligación de dejarla espacio. Era una mujer con un siglo de edad, una guerrera, independiente y moderna. Tendría que aprender a tratar con las mujeres de esta época, la sumisa mujer complaciente de siglos atrás ya no existía. Tendría que hablar largo y tendido con su amigo Carlos, para que le diera algunos consejos de cómo lidiar con las mujeres del siglo XXI.

Estaba sumido en sus pensamientos cuando sintió una mano que le acariciaba la espalda. Levantó la mirada, que hasta ese momento había estado clavada en su copa y vio a la mujer que le estaba volviendo loco, mirándole fijamente.

- Ya he terminado lo que había venido a hacer aquí – Skule le habló al oído.

- ¿Nos vamos? – Miguel se levantó rápidamente.

- Sí, tengo algunas cosas que hacer.

- ¿El que…?

Skule, sin contestarle, se dirigió hacia la puerta con ese paso hipnótico que le caracterizaba. Él, como no podía ser de otra manera, la siguió como un perrito.

- Mañana iré a recoger mis cosas a tú apartamento – Skule habló en tono seguro.

- ¿Qué? Dónde vas a dormir está noche.

- En la habitación de hotel donde me alojaba con

Nanna. Tengo allí todas mis cosas.

- ¿Estás huyendo de mí? – Miguel estaba a punto de coger una rabieta.

- Necesito pensar. Mi vida ha cambiado drásticamente en pocos días y necesito asimilarlo.

- Pero yo pensaba... da igual. Tomate el tiempo que necesites, ya sabes dónde encontrarme.

El viejo vampiro se dio media vuelta y desapareció en decimas de segundo, dejando a Skule sola en la acera.

Cuando llegó a su clínica pasó de largo por la recepción y se encerró en su apartamento. En esos momentos no tenía la mente para hablar con nadie. Aunque su educación le hacía sentirse mal por haber dejado a una mujer sola en la calle, su orgullo no había podido evitarlo.

Si ella quería espacio, él se lo daría.

Capítulo 2

Michael se había pasado toda la noche con la mirada clavada en Carmen, aunque ella en ningún momento había dado señales de que fuera consciente de ello. La vampira sevillana no parecía tener ni idea de los sentimientos que albergaba Michael en su humano corazón.

Esa mujer, hembra, o lo que fuera, le había dejado atontado desde el primer segundo en que la tuvo delante.

El espectacular físico de la vampira no dejaba a nadie indiferente y él no era una excepción, pero aparte de ese detalle, Michael se sentía atraído hacia ella de una manera dolorosa.

Estaba, total y completamente enamorado de Carmen.

Aunque de vez en cuando estaba con alguna mujer en la intimidad, era algo físico, como el comer. Estaba convencido de que jamás podría enamorarse de nadie más. El dar esperanzas de lo contrario sería totalmente injusto para la persona en cuestión.

Estaba ensimismado viendo bailar sevillanas a su platónico amor, cuando todos los no humanos de la sala se quedaron completamente paralizados.

La hija de Tom acababa de entrar por la puerta.

Él, antes de analizar lo que hacía, saltó de su silla y se fue directamente a la pista para ponerse al lado de Carmen, por si las intenciones de la mestiza no eran todo lo buenas que se esperaban. La vampira le miró extrañada, mientras se dejaba llevar por el brazo hacia la barra.

- Siempre tan caballero – Carmen le miraba divertida.

- Lo siento si te ha molestado – la soltó inmediatamente.

Michael se ruborizó, cuando cayó en la cuenta de que la vampira tenía muchas más posibilidades de defenderse ante la mestiza, que él mismo. Las posibilidades de un débil humano ante un vampiro eran completamente nulas. Pero le había sido imposible mantenerse en su banqueta cuando había visto entrar a la rubia por la puerta.

- Que va mi alma, si eres un cielo – Carmen se acercó a él para hablarle al oído – eres el mejor humano que conozco.

- Ojalá no lo fuera – Michael habló muy bajito, para él mismo.

De vez en cuando se sentía tentado a pedirle a su jefe que le convirtiera en vampiro. Sabía que Carlos lo haría si era estrictamente necesario, pero por capricho, no estaba tan seguro de que fuera tan fácil convencerle.

En alguna ocasión, se había planteado el provocar un accidente que le dejara a las puertas de la muerte para que alguno de sus vampíricos amigos le convirtiera, pero su lealtad hacía ellos no se lo había permitido, esos hipócritas métodos no los utilizaría nunca con ellos, eran sus amigos y jamás les mentiría de esa manera. Así que solo le quedaba una opción, quedarse con su lamentable condición de humano y comerse su enamoramiento con patatas.

Esa noche volvería a soñar con la bella vampira, solo en su cama, mientras se abrazaba a la almohada.

Penoso.

Salió por la puerta del club en dirección a su apartamento, ya había hecho el ridículo bastante por una noche.

**

Carmen miró a Michael mientras salía por la puerta. Ese hombre le llamaba la atención mucho más que cualquier otro que hubiera conocido.

Lástima que fuera un humano.

Ella era consciente de los sentimientos de él, pero los humanos eran muy variables y ya había sufrido bastante en el pasado. Hacía ya muchos años que se había jurado que jamás se dejaría llevar por los sentimientos hacia ningún varón.

La fiesta continuaba y ella se puso a servir dentro de la barra mientras Marta, que se había sentado en la banqueta donde antes estaba Tom, la miraba expectante.

- Creo que hay un atractivo hombre que bebe los vientos por ti – la pelirroja la miraba con los ojos entrecerrados.

- No seas "malpensá" – Carmen le puso a Marta un coctel delante, con la esperanza de que dejara el tema.

- Venga ya, Carmen. Le tienes loquito – Marta le dio un trago a su bebida – cuando estábamos bailando te comía con los ojos.

- Pero es humano... - Carmen se cayó al percatarse que la mujer que tenia delante también era humana.

- ¿Y qué? Jimena y yo también lo somos y estamos emparejadas con vampiros.

- Pero yo tengo una mala experiencia...

- ¡¡OTRA IGUAL!! ¿Qué os pasa a los vampiros con las malas experiencias?

En ese momento apareció Tom con su hija, cortando la conversación.

Carmen les dedicó una sonrisa a los dos y se retiró a servir una copa a Stefan, que le hacía señales desde el otro lado de la barra. Sabía que se estaba comportando como una estúpida. Pero no lo podía evitar, la vida le había dado una dolorosa lección y, de momento, no la había superado.

***

Skule llegó al hotel con la sensación de haber metido la pata hasta el fondo. Sabia de sobra que Miguel la estaba tratando con el respeto que lo haría un caballero de su época y ella le había menospreciado.

Aunque quería estar con él más que nada en el mundo, tenían que aclarar muchas cosas y, antes de exponerle sus sentimientos, tenía que aclararse ella misma. Estaba segura de que si seguían de la misma manera, eso iba a explotar tarde o temprano.

Entró en la suite con la tarjeta de acceso que llevaba en su cartera y se dirigió directamente a su habitación.

Todo estaba igual que cuando había salido esa fatídica tarde, en la que le había cambiado la vida. Los empleados del hotel habían limpiado con profesionalidad, dejando todas sus cosas exactamente igual de cómo se lo habían encontrado.

Fue a su armario y allí estaba la escasa ropa con la que había viajado y su maleta de seguridad con todo su material y dinero en metálico. Colgó su abrigo y se dirigió a la habitación que había ocupado Nanna.

La muy cobarde había salido huyendo con lo justo, en el armario estaba toda su ropa. Lo único que faltaba era su bolso con la documentación, el dinero y su querida túnica de bruja vikinga.

En un arrebato de rabia, sacó todas las pertenencias de la mujer que le había parido y las lanzó a la inmensa bañera de hidromasaje que había en el cuarto de baño, poniendo un folio encima del montón con la palabra "BASURA"

Nadie volvería a manipularla jamás.

Recogió todas sus cosas y bajó a recepción para pedir una habitación más sencilla, aunque tenía bastante dinero en metálico y contaba con la tarjeta de crédito, no quería utilizar esta última para que su madre no fuera consciente de que había sobrevivido.

Ya le daría la sorpresa cuando se presentara en busca de venganza. Porque, si algo tenía claro con respecto a Nanna, era que se intentaría vengarse como fuera.

El tono de llamada de su teléfono móvil comenzó a sonar. Skule miró la pantalla y descolgó.

- Hola Tom – dijo

- ¿Estás bien? - preguntó el recién estrenado padre.

- Si – contestó ella extrañada.

- Me ha dicho Miguel que te habías ido sola y estaba preocupado – Tom hablaba bajito, como si le diera vergüenza la situación.

- Ay Dios – exhaló ella – estoy bien. He venido al hotel y estoy recogiendo mis cosas.

- ¿Vas a volver al apartamento de Miguel? – preguntó esperanzado.

- No – dijo ella rotundamente.

33

- Si quieres puedes alójate en mi estudio – dijo Tom

- De verdad que me siento alagada por qué os... te preocupes tanto por mi – Skule corrigió el plural, no quería mezclar la relación fraternal con la que tenia con Miguel – pero, en estos momentos, necesito un poco de independencia.

- Ummm... está bien – cedió Tom – pero sabes que puedes llamarme en cualquier momento si cambias de idea.

Cuando Skule colgó el teléfono a su padre, se sentía un poco avergonzada por rechazar su oferta. No quería parecer desagradecida, pero cambiar el chip de todos esos años no iba a resultar tan fácil.

Estaba colocando sus cosas en la nueva habitación que le habían asignado, cuando sonó el tono del Whatsapp de su teléfono y Skule lo cogió para leerlo.

***

Miguel pasaba del arrepentimiento a la ratificación, por la decisión de dejar sola a Skule en la calle, como si fuera una pelota de ping pong rebotando por su cerebro.

Por una parte se sentía fatal por no haberla acompañado a su hotel pero, por otra, era lo qué ella se había buscado.

Si no quería que la cuidara, qué así fuera.

Llevaba dando vueltas por el apartamento, con el teléfono en la mano, desde que había llegado, con la esperanza de que ella le llamara. Pero estaba claro que la orgullosa mestiza no iba a dar su brazo a torcer tan fácilmente.

Miguel se metió en el baño dispuesto a darse una ducha caliente, a ver si le ayudaba a conciliar el sueño, cuando su teléfono comenzó a vibrar. Lo descolgó tan deprisa que no le dio tiempo a ver quien le llamaba.

- ¿Miguel? – la voz de Tom sonó al otro lado de la línea.

- A... eres tú. Dime Tom – el doctor no pudo evitar un tono de decepción en la voz.

- Me encanta cuando me reciben con tanto amor...

- Lo siento tío, no tengo un buen día.

- ¿Le pasa algo a Skule? – Tom se puso en modo alerta en decimas de segundo.

- No, no te preocupes. Solo que ella... necesita espacio.

- ¿Dónde está?

- Se fue al Hilton cuando salimos del club.

- Dame su teléfono, quiero saber si está bien – Tom hablaba muy serio.

Miguel le dio el número a Tom y este colgó inmediatamente.

Parecía como si el rubio vampiro le culpabilizara de que su hija estuviera sola en alguna parte de Nueva York, ciudad que no conocía, psicológicamente vulnerable después de haber sido abandonada por la única persona que se suponía le tenía que proteger y que, además, le había engañado y utilizado durante toda su vida.

Joder…

Como podía haber sido tan estúpido de dejarla sola.

Cogió su móvil y le envío un mensaje por Whatsapp.

- "Lo siento si te he hecho sentir mal, perdóname por favor"

- "No tengo nada que perdonar, en todo caso de agradecer, solamente necesito un poco de tiempo"

- "Todavía queda una hora de oscuridad…"

- "Si"

Miguel se duchó en cinco minutos y se vistió en dos. No había pasado ni media hora cuando estaba entrando por la puerta del hotel. En recepción le indicaron el número de la nueva habitación de la Srta. Müller, aunque no habría tenido ningún problema en encontrarla por sus propios medios, no quería que le pararan y perder un precioso tiempo para dar explicaciones.

Subió por las escaleras y cuando fue a llamar a la puerta, esta se abrió sin que le diera tiempo a ello.

Skule estaba al otro lado del umbral, con su preciosa melena rubia suelta hasta las caderas, llevaba un top que solo le cubría el pecho y unos pantalones cortos que dejaban sus largas y perfectamente torneadas piernas al aire.

Miguel tragó saliva.

- ¿Te ha llamado Tom? – habló en un intento de disimular la cara de tonto que, sin duda, se le había quedado.

- Aja – Skule se dio la vuelta y entró en la habitación.

- Espero que no te haya molestado que le diera tú número.

- No. A mí solo me molesta una cosa – Skule le miró con los ojos fijos en los suyos.

- Yo lo siento...

- Deja de disculparte. ¿Dónde está el amante que conocí en Berlín?

- Te estaba dejando tiempo para recuperarte.

- Estoy recuperada – se toco el pecho justo donde le había entrado la bala – la sangre de mi padre corre fuertemente por mis venas.

- No te puedes imaginar lo que me está costando controlarme.

- ¡No lo hagas!

El vampiro enamorado en él tomo el control y todos esos años de deseo frustrado hacia ella explotaron sin que hubiera marcha atrás. Las palabras de Skule entraron en su cerebro e hicieron que, la cada vez más débil fuerza de voluntad que le impedía abalanzarse sobre ella, se rompiera en mil pedazos. Dejando salir al macho vinculado que había estado sujetando hasta ese momento.

Cerró la puerta tras de sí y en décimas de segundo tenía su cara a milímetros de la guerrera. Para su satisfacción Skule no se amilanó y mantuvo su posición, clavando sus bellos ojos en los de él sin moverse ni un milímetro, desafiándole a que continuara.

Cuando los labios de los dos se encontraron, la corriente eléctrica que le atravesó, fue lo suficientemente fuerte como para hacer colapsar su cerebro. El macho que en esos momentos cargaba a su hembra en dirección a la cama, no era el controlado doctor, sino el salvaje vampiro.

**

Skule rodeó la cintura de Miguel con sus largas piernas, encantada de que por fin, el antiguo vampiro del que se había enamorado hasta las trancas en la vieja Europa, hubiera vuelto y con mucha más fuerza que hacia cuarenta años.

Cuando la lanzó contra la cama, los dos estaban totalmente desnudos. La ropa volaba por la habitación hecha jirones como si fuera confeti, mientras ellos, entrelazaros con manos y piernas, seguían abrazándose y besándose como si el fin del mundo fuera a producirse en los siguientes cinco minutos y esta fuera su última oportunidad de amarse.

Skule se retorcía en la cama mientras su amante la acariciaba, besaba y lamía cada milímetro de su piel. Lo estaba disfrutando, pero en ese momento, necesitaba ir más rápido. Ya tendrían tiempo más adelante para juegos sexuales más lentos y concienzudos. La ansiedad por él de todos esos días, sumada a todos los años que le había echado de menos, le hacían querer tenerle dentro de ella ya, sin más preámbulos.

Con un rápido movimiento, que pilló desprevenido a Miguel, cambió las posiciones y se colocó encima a horcajadas mientras le sujetaba las manos por las muñecas a ambos lados de la cabeza. Levantándose sobre sus rodillas, se dejó caer sobre el duro pene de su amante sin ningún cuidado. La enérgica maniobra hizo que ambos gritaran por la fuerte impresión.

Skule soltó las manos de Miguel, que inmediatamente la agarró de las caderas para animarla a que se moviera y las colocó en los marcados pectorales del vampiro, comenzando a cabalgarle desesperadamente en busca de la liberación que tanto necesitaba.

Cuando el orgasmo se fue formando dentro de ella, una necesitad igual o más salvaje se impuso en su cerebro, haciendo que sus colmillos crecieran y su visión se volviera de color escarlata. Su amante la entendió enseguida y giró la cabeza hacia un lado exponiendo su cuello en una tácita invitación.

Ella no se lo pensó ni un segundo y se lanzó a la expuesta garganta de Miguel, clavándole profundamente los colmillos en la arteria sin dejar de mover las caderas. Cuando el torrente de la sangre bajó por su garganta, perdió la noción del tiempo y del espacio. Mientras se alimentaba de aquel elixir de dioses que le daba la vida, experimentó el orgasmo más espectacular que había sentido en su largo siglo de vida, mientras su amante, con un grito de placer, se derramaba dentro de ella.

Cuando bajó de las alturas a donde le habían catapultado todas esas poderosas sensaciones, se dio cuenta de que las heridas del cuello de Miguel sangraban profusamente y se apresuró a cerrar las incisiones con su lengua en una sensual barrida que hizo jadear a Miguel. Cuando intentó incorporarse los fuertes brazos de él se lo impidieron, manteniéndola sobre su cuerpo mientras le susurraba palabras de amante al oído.

Skule levantó la cabeza y miró la cara de Miguel. Tenía los ojos rojos y los colmillos sobresalían de sus labios en toda su extensión.

Sin pensárselo dos veces, gateó por su torso lo suficiente para colocar su garganta a la altura de la boca de él y echándose su larga melena sobre un hombro, le invitó a que se alimentara de ella.

∗∗

¿Eso era real o simplemente estaba delirando por la pérdida de sangre y otros fluidos?

Miguel miraba la perfecta piel de la garganta de Skule expuesta ante él y no se podía creer que aquello fuera cierto.

Se quedó paralizado, mirando las pulsaciones de la sangre que corría a unos milímetros por debajo de la perfecta piel y no fue capaz de diferenciar la fantasía de la realidad. La belleza rubia con la que había estado soñando durante cuarenta años, se mordió con sus colmillos su propio labio y le besó incitándole a que probara su sangre.

En el preciso momento en que su lengua sintió el espeso líquido, el lado racional de su mente se fue a algún lugar remoto de su cerebro y el lado salvaje tomo el control.

Abrió la boca descubriendo sus colmillos y un profundo rugido surgió de su garganta sin que pudiera evitarlo. Con un rápido movimiento, Miguel cambió las posiciones cubriendo por completo el cuerpo de Skule.

El certero mordisco en la arteria de su amante, hizo que un torrente de sangre llenara su boca y bajara por su garganta, haciendo estragos en su cerebro.

Bebió a fuertes tirones mientras bombeaba dentro de la vagina de su amante, haciéndoles llegar a los dos a un fuerte orgasmo que los dejó desmadejados sobre las revueltas sabanas.

Miguel cerró las heridas del cuello de Skule de un erótico lametazo y se hizo hacia un lado, arrastrándola con él en un fuerte abrazo.

- Gracias – susurro en el oído de ella.

- ¿Por qué? – preguntó Skule.

- Por reaparecer en mi vida – contestó.

- Nunca dejé de pensar en ti – reconoció ella.

- Hace cuarenta años deje de vivir para, simplemente, sobrevivir – Miguel la miraba directamente a los ojos.

- Yo... no pude hacer otra cosa – Skule miró hacia otro lado avergonzada por no haber actuado de otra manera en el pasado.

- Lo sé... - reconoció él.

- No, no lo sabes – Skule hizo ademán de levantarse.

- Si, si lo sé, siempre lo he sabido – Miguel la sujetó contra su pecho.

- ¿El que sabes? – dijo rindiéndose a él.

- Porqué me dejaste – contestó.

- ¿Sabías quien era? - Skule casi se ahoga.

- Sí, bueno no exactamente los detalles y mucho menos quien era tu padre, pero sabía que pertenecías a La Sociedad – dijo él mientras le besaba la cabeza.

- ¿Pero?... – Skule no se lo podía creer.

- Fui incapaz de denunciarte y cargaré con la culpa de los actos de La Sociedad durante todos estos años. Pero...

- Miguel, aunque encubriría a su compañera una y mil veces, no podía evitar sentir vergüenza por el resto de sus congéneres.

- Pero te amo tanto... aunque el mundo explotara en mil pedazos no me importaría siempre que tú siguieras respirando. Skule yo... estoy tan ligado a ti que me duele – Miguel no pudo contenerse más y soltó todos sus sentimientos a la mujer.

- Miguel yo... - ella comenzó a hablar pero un nudo en la garganta se lo impidió.

-   No digas nada – cortó él – comprendo que todo lo que te está pasando es demasiado y que necesites tiempo. Tú marcas el ritmo de la relación. Llegaremos hasta donde tú quieras llegar y en el momento que tu lo quieras.

El silencio se adueño de la estancia mientras los dos amantes continuaban abrazados, cada uno sumido en sus propios pensamientos.

Estaba bastante claro, que la cosa no iba a ser tan fácil.

Capítulo 3

Las botas de piel de reno hacían crujir el hielo mientras Nanna avanzaba por la cueva de sus ancestros, en dirección al lugar donde todas sus hermanas le esperaban en silencio.

Una vez entró por la enorme grieta que daba acceso a la cueva, bajó las escaleras talladas en el hielo por sus hermanas y mantenidas por sus herederas durante todos esos años. El agua y la humedad iban a ser el denominador común durante todo el recorrido, Nanna se afianzó fuertemente con las manos a la gruesa cuerda que estaba anclada a la congelada pared con modernos clavos de escalada.

Nada que ver, pensó, con los materiales que habían tenido que utilizar sus hermanas hacia un siglo.

Al comienzo del recorrido pasó por cámaras pequeñas totalmente vírgenes, estas estaban decoradas únicamente por los caprichos de la naturaleza, ninguna de ellas tocaba jamás las impresionantes figuras que el agua y el hielo hacían en las rocas de las pequeñas cámaras, esas eran totalmente propiedad de la cueva que las permitía morar dentro de ella y nunca habían sido manipuladas por las manos humanas.

Ellas siempre habían pensado que su estancia allí dependería de una frágil simbiosis entre la cueva y las brujas, esta les permitía que le invadieran sin desatar ningún desastre natural que las obligara a abandonarla y ellas la mantenían viva con la reverencia que se merecía el impresionante lugar.

Por fin llegó a la cámara principal y se asomó al balcón natural que formaban las rocas con la solemnidad de una reina, mientras miraba hacia abajo. Decenas de mujeres la miraban en silencio, todas ellas vestidas con la túnica que ella misma llevaba bajo su larga capa.

La gran estancia era un espectáculo de luces y sonidos. El que nadie hiciera ni el más mínimo ruido, permitió que Nanna disfrutara de la sensación de haber vuelto al pasado. El sonido de las gotas de agua al caer, era tan relajante, que casi se le olvidó lo que había ido a hacer allí.

Casi…

Buscó con la mirada a las tres mujeres que se encontraban sentadas en tres tronos tallados en el mismo hielo de la pared frontal de la cueva, los cuales estaban totalmente forrados con piel de reno. Ella recordó cuando sus hermanas hicieron los tronos, esa era la única obra artificial que se habían permitido en el interior de la cueva. Estuvieron durmiendo en el exterior en cabañas hechas con madera y pieles durante un mes, hasta que se convencieron que la cueva no se había ofendido por su intromisión.

Nanna recorrió con su mirada el resto de la estancia y vio como todas las demás las rodeaban sentadas en el suelo, sobre las capas del mismo material que la suya, con las piernas cruzadas. Cientos de ojos la observaban sin pestañear.

El dibujo que creaban con sus posiciones eran semicírculos perfectos alrededor de los tronos. El sitio que ocupabas en esos semicírculos era exactamente proporcional, al que ejercías en el aquelarre. Cuánto más cerca estabas de las tres brujas que se sentaban en los tronos, era porque tu herencia era más pura.

Después de tantos años, el mestizaje era cada vez más notorio y muchas de ellas simplemente tenían alguna abuela o bisabuela paterna con sangre de bruja vikinga. Estaba claro que se habían vuelto muy permisivas, pensó Nanna.

Solo había tres excepciones que ella sintió como brujas puras. Las tres mujeres que se sentaban en el centro de los círculos y que en ese momento la estaban mirando con los ojos como platos.

Y por supuesto, ella misma.

Pensaba utilizarlas como primera opción para su venganza, las brujas con las que había tenido contacto durante años no eran precisamente esas estúpidas mujeres y no se fiaba de ellas demasiado pues, por suerte o por desgracia, eran igual que ella.

Estas eran la versión débil de su raza. Aunque todo esto cambiaria en el momento oportuno, cuando Nanna tomara el poder sobre ellas y las introdujera en el lado oscuro donde ella pertenecía. Cuando llegara ese día la pregunta sería muy sencilla.

¿O conmigo o contra mí?

***

Carmen entró a su apartamento, con la sensación de estarse equivocando con su hermético plan de vida.

Este estaba ubicado en el sótano del club y era su santuario, nadie había entrado allí desde que ella vivía en el lugar.

Llevaba en la mano los zapatos de altísimo tacón en los que había estado subida toda la noche, los colocó en el lugar que les correspondía en el zapatero, dentro del completísimo vestidor que tenía en una de las habitaciones. La enorme colección de moda haría sentirse una mindundi a la mayor coleccionista de Pret A Porter.

Se sentó, o mejor dicho, se dejó caer en el sofá mientras cogía el mando a distancia de la mesita de centro y comenzó a hacer zapping, sin ver realmente lo que emitía la televisión, con la esperanza de que le entrara el sueño.

La noche anterior había sido la fiesta en honor de los futuros padres y de su bebe. La cosa se había alargado hasta media hora antes del amanecer. Una vez había salido por la puerta el último invitado, ella había asegurado el cierre y se había quedado en el local haciendo caja y reponiendo todas las bebidas para la noche siguiente.

Extremada e inusualmente sola.

Normalmente esta tarea la hacía siempre acompañada por Michael, sobre todo si era sábado o, mejor dicho, domingo de madrugada. El hombre siempre se quedaba en el local hasta que se cerraba. Era el único humano que consideraba un amigo y al no tener ningún problema con la luz del sol, era el único que se podía permitir el irse cuando el astro rey estaba en el cielo. Gracias a eso no había tenido que dormir en el club, como le había pasado en una incómoda ocasión a Stefan.

Ella se había jurado hacía muchos años que no volvería a dejar pasar a ningún hombre a su hogar y, esa promesa, la había llevado hasta el extremo, de dejar durmiendo a su mejor amigo en un roñoso sofá encerrado dentro del almacén del club, con tal de no abrirle las puertas de su casa. Stefan no le había dicho nunca nada sobre ese incidente y Carmen se imaginaba que el vampiro intuía que ella tenía sus fantasmas del pasado y no quería forzarla a hablar hasta que lo decidiera por sí misma.

Si alguna vez lo hacía.

Michael siempre se quedaba con la excusa de controlar que el equipo de limpieza que solía venir sobre las nueve de la mañana, no abriera la puerta antes de que Carmen estuviera en su sótano. Pero ella sabía que había algo más y aunque normalmente ignoraba ese sentimiento, normalizando la situación y haciéndose la despistada cuando él se quedaba embobado mirándola trabajar, tenía la sensación de que realmente disfrutaba de ese momento con el humano.

Esa mañana le había echado de menos.

Se levantó del sofá y se dirigió a la nevera de la cocina, cogió un botellín de 0+ y se lo fue bebiendo a pequeños sorbos mientras se dirigía a la ducha. Era pensar en el atractivo humano y que la sed la llevara a la nevera sin poder remediarlo.

Colocándose delante del espejo, se soltó el recogido alto que se había hecho esa noche y su exuberante melena morena con reflejos caoba, se derramó sobre su espalda las largas y espesas ondas que le llegaban hasta las caderas.

Su pelo siempre le había gustado a todo el mundo y cuando era joven, siempre lo había llevado orgullosamente suelto pero, desde que le habían utilizado de la peor manera que se podía utilizar a una mujer, precisamente por el atractivo que suponía su melena para el sexo masculino, decidió que se la recogería siempre que estuviera en público. En sus peores momentos deseo ser tan calva como una bola de billar. con tal de no aguantar a todos esos hombres babeando a su alrededor.

De hecho, casi lo consiguió.

Aunque ya no era la débil jovencita humana de un barrio de Sevilla de antaño y, arrancaría la garganta sin ningún esfuerzo a cualquier hombre que la intentara tratar cómo lo habían hecho en aquel entonces, los daños psicológicos estaban ahí y no sabía si alguna vez conseguiría controlarlos.

En el fondo de su ser sabia que se sentía atraída por Michael, de una manera diferente al resto de los hombres o vampiros con los que se había cruzado durante todos sus años de existencia. Pero no sabía si podría soportar el que la tocaran de esa manera sin perder el control, no quería que el pasado se apoderara de su mente en el peor momento y, sin poder remediarlo, hacerle daño al leal humano.

***

Michael se había ido del club antes que de costumbre.

Esa noche había bebido más de lo habitual y no sabía si se iba a poder controlar, sin echarse encima de la bella vampira que llevaba robándole el sueño desde el primer día que la vio, hacia ya de esto unos cuantos años.

Antes de trabajar para Carlos del Toro, Michael trabajaba para una empresa de seguridad privada, que daba servicio de guardaespaldas para personalidades del mundo del espectáculo y los deportes cuando visitaban la ciudad.

En una ocasión, un famoso jugador de baloncesto, al cual tenía que mantener seguro durante el fin de semana que estaría en Nueva York para una campaña publicitaria, se le había antojado ir a tomar una copa al famoso local Hematology y Michael, por supuesto, le había tenido que acompañar.

En el segundo que puso sus ojos sobre la bella mujer que atendía la barra, con esa gracia tan suya, ya no pudo dejar de mirarla.

Y en esas seguía, cada vez que la tenía delante, el separarse de ella le provocaba dolor físico.

Literalmente.

Había estado deambulando durante unas cuantas horas por el exterior del club, esperando a que el equipo de limpieza llegara, hiciera su trabajo y se fuera. Después de asegurar la puerta y cerciorarse de que todos los cierres estaba echados correctamente, se fue hacia su apartamento.

Pasó por la puerta del Salón que tenía los cierres bajados.

Carlos se había negado a hacer trabajar a sus empleados en domingo. En esa zona comercial la mayoría de los negocios abrían todos los días de la semana, pero a su jefe, le parecía que los domingos eran para descansar y nunca se había planteado el hecho de abrir la peluquería en ese día. A él todas esas horas desocupado esperando a que se hiciera de noche para poder ver a Carmen, se le hacían eternas.

Era el peor día de toda la semana.

Entró en el edificio y se fue hacia su apartamento, intentaría dormir un rato y en cuanto fuera de noche, se iría al club a tomar una copa.

O dos.

***

Lola salió de la habitación que había ocupado durante varios días en el apartamento de Michael, cuando este abrió la puerta.

- Hola – dijo al verle entrar.

- Hola Lola, te hacía durmiendo – contesto él.

- Estoy guardando todas mis cosas en la maleta. Había pensado trasladarme hoy al apartamento de Chelsie y devolverte de nuevo tu intimidad – dijo ella sonriendo.

- ¿Quieres que te acompañe? – preguntó Michael.

- No es necesario, llamaré a un taxi – Lola arrastró la maleta hasta la puerta.

- He llevado a todas las chicas a ese apartamento, no querrás que rompamos la tradición – Michael cogió la maleta y se fue con su compañera hacia el garaje.

Lola no protestó, la verdad es que se sentía cómoda al lado de Michael y agradeció el gesto de su nuevo compañero.

Cuando el Cayenne salió a la calle y la luz del día le dio en la cara a Michael, Lola se percató de que el blanco de sus ojos era rojo sangre y también de las ojeras negras que los enmarcaban. Tardó unos minutos en sopesar si sería adecuado preguntar, pero como no lo tenía muy claro decidió callarse y dejar al hombre tranquilo.

No quería ser una entrometida.

Cuando llegaron al apartamento de Chelsie, Lola se quedó de pie en la acera mirando el edificio con la boca abierta. Era más de lo que se esperaba y solo había visto la preciosa fachada de ladrillos. Sitio la mano de Michael que le cogía de la cintura, mientras le instaba a avanzar para entrar en el portal del edificio. Lola estaba tan agradecida por la suerte que estaba teniendo con todas esas personas que había conocido en Nueva York, que hizo el mismo gesto sujetándose de la cintura de él, mientas los dos avanzaban a grandes pasos hacia el interior del edificio.

Cuando entraron en el apartamento Lola no se lo podía creer, era perfecto. Rebuscó en la cocina y encontró capsulas para la cafetera que había en la encimera, mientras Michael dejaba la maleta en el dormitorio.

- ¿Te apetece un café? – gritó desde la cocina.

- Estaría bien – contestó el desde la sala.

Ella siguió investigando por todos los cajones buscando todo el material, y aunque tardo un poco en el proceso, no tuvo ningún problema en encontrar todo lo necesario.

Cuando salió por la puerta de la cocina con una bandeja en las manos, se encontró a su compañero dormido en el sofá. Dejando la bandeja en la mesa de centro, se fue al dormitorio a buscar una manta y se la hecho por encima.

Lola se tomó su café sentada en la mesa de la cocina mientras miraba el reloj del microondas.

Eran las 12:00 del mediodía y Erika no le había llamado como habían quedado la noche anterior. Igual su pequeña peluquera estaba durmiendo, la noche pasada se habían ido a las 5:00 de la madrugada del Hematology y lo más probable es que no se hubiera levantado todavía. No todo el mundo era como ella que con cinco o seis horas de sueño tenía suficiente, el trabajo de sirvienta le había acostumbrado a dormir poco y mal. Se había visto obligada durante mucho tiempo a levantarse muy temprano para que, cuando su jefa se tirara de la cama, todo estuviera perfecto. Aunque hacía varios meses que ya no trabajaba en ello, el insomnio y el dormir con un ojo abierto y otro cerrado, por si la señora quería algo durante la noche, se le había quedado grabado a fuego en su cerebro.

Daños colaterales de trabajar para Viviana.

Se fue hacia su habitación y comenzó a colocar sus cosas para hacer tiempo. Si Erika no la llamaba esa mañana la dejaría, igual necesitaba espacio.

Ya la vería al día siguiente en la peluquería.

***

Erika estuvo a punto de echarse a llorar en la puerta del apartamento de Chelsie.

Esa madrugada se había despedido de Lola y las dos habían quedado en que al día siguiente ella la llamaría al mediodía para hablar y quedar por la tarde para ir a dar una vuelta por la ciudad.

Aunque había intentado dormirse, había tenido un sueño de lo más sobresaltado. Cada dos por tres se despertaba con la sensación de que era tarde y de que se le había pasado la hora en la que había prometido a Lola que la llamaría.

A las diez de la mañana se había tirado de la cama, después de darse una ducha y arreglarse, había cogido su Volkswagen Escarabajo de color amarillo y se había ido al nuevo apartamento de Lola para darle una sorpresa cuando llegara.

Estaba metida en el coche, escuchando un CD de grandes éxitos de un cantante español llamado Alejandro Sanz que le había regalado Jimena, se sabía la letra de casi todas las canciones y lo que significaban, pues llevaba unos meses intentando aprender español y ahora que encima se sentía tan atraída por una española, todavía tenía más interés en aprender el idioma.

Cantaba a voz en grito dentro del coche cuando vio aparecer el Cayenne que conducía habitualmente

Michael. Las puertas se abrieron y Lola salió del coche mientras miraba hacia la fachada con la boca abierta.

Erika estaba a punto de salir de su coche, cuando vio como Michael abrazaba por la cintura a Lola y esta le devolvía el gesto encantada de la vida.

El cerebro de Erika se lleno de "y sis"

¿Y si Lola solo quería ser su amiga?

¿Y si ella había interpretado mal las señales?

¿Y si Lola no era gay?

¿Y si Michel y ella eran más que compañeros?

¿Y si ella era una estúpida y había estado a punto de meter la pata hasta el fondo?

La canción que siguió parecía la banda sonora del momento.

"Amiga mía, princesa de un cuento infinito.

Amiga mía, tan sólo pretendo que cuentes conmigo.

Amiga mía, a ver si uno de estos días, por fin aprendo a hablar sin tener que dar tantos rodeos, que toda esta historia me importa porque eres mi amiga."

Arrancó el coche y se fue en dirección a su apartamento con la intención de meter la cabeza debajo de la almohada y no sacarla hasta que se tuviera que ir a trabajar al día siguiente.

Capítulo 4

Nunca en toda su vida se había sentido tan sola en una habitación de hotel.

Después de la sesión de sexo con Miguel, la innegable realidad de que no se conocían en absoluto había quedado flotando en el ambiente, espesando el aire y haciendo que le costara respirar.

Las horas diurnas habían sido de lo más incómodas.

Los dos habían estado tumbados en silencio, cada uno mirando hacia un lado y haciendo que dormían, aunque ambos sabían de sobra, que el insomnio se había apoderado de la mente del otro.

La nueva información, confesada por Miguel la noche anterior, sobre que él había sabido quien era ella durante todo ese tiempo, le había caído a Skule como un jarro de agua fría. Ella se había mantenido en la sombra únicamente por un motivo y este había sido el miedo a que su madre le matara, si el peligro hubiera sido para ella no habría dudado ni un momento en arriesgar su vida para estar con Miguel.

Únicamente se había mantenido alejada por la seguridad de él.

Ahora, teniendo toda la información, solamente había que atar cabos para darse cuenta que Miguel había antepuesto su seguridad a ella. Había preferido mantenerse a salvo de La Sociedad y de la ira de sus amigos, antes de enfrentarse a todos ellos para reclamarla como pareja.

A Skule sólo se le ocurría una palabra para describir las acciones del Dr. López de Mendoza.

Cobardía.

El había expuesto los hechos como algo por lo que había sufrido todos esos años, pero Skule no lo llegaba a entender. Su mente de guerrera le decía otra cosa. Ella se hubiera partido la cara con quien hiciera falta por su pareja, de hecho esa era la idea antes de que toda la mentira de su madre saliera a la luz.

Su madre.

Todavía no sabía que iba a hacer respecto a ella.

Cuando Nanna apareciera por allí con su plan de venganza, no tenía demasiado claro que aptitud tomaría al mirarla a los ojos.

En un primer momento le había odiado, pero ahora…

Joder que lio.

***

En el momento que la luz del día se extinguió, Miguel salió de la habitación de hotel donde se alojaba su amada, pero desconocida mujer, en dirección a su clínica.

Hubo un momento en el largo día, en el que Miguel deseó que el famoso traje de Tom estuviera comercializado, para poder haber huido como una rata de esa habitación.

Después de la reveladora conversación posterior al sexo, el aire de la habitación se había convertido en una espesa y fría neblina, a través de la cual constaba un triunfo poder respirar.

Cuando comenzó a vestirse, no pudo evitar mirar embelesado el esbelto y desnudo cuerpo de Skule, que se remarcaba atractivamente bajo las sabanas. La rubia mestiza tenía los ojos cerrados y le daba la espalda totalmente inmóvil.

Aunque sabía de sobra que ella estaba despierta, no se atrevió a molestarla, la bomba que le había soltado la madrugada anterior era para digerirla con tranquilidad.

Cerró la puerta sin apenas hacer ruido y se fue hacia la calle.

La sangre mestiza de ella corría por sus venas, haciendo que tuviera un exceso de energía. Jamás en su larga existencia había sentido esa sensación tan poderosa. La verdad es que nunca había consumido sangre de vampiro, la única vez que se había dado ese lujo había sido hacia unos días, cuando Skule estaba en coma y había tomado unas cuantas gotas de su sangre por seguridad. La sangre de un vampiro era algo sagrado y nunca se consumía, a no ser que el otro se la ofreciera explícitamente y esto no era algo que ocurriera todos los días. Tendría que explicarle en algún momento lo de las gotas y el motivo.

Aunque había sentido el poder de la sangre de ella la vez anterior, al ser tan poca cantidad no había sido tan abrumador, nada comparado a los agradables síntomas que le estaban regalando los largos tragos que había bebido hacia unas horas.

Esperaba que ella no se estuviera arrepintiendo en esos momentos de haberle hecho ese preciado regalo.

Se fue andando el camino que le separaba de la clínica, controlando con grandes esfuerzos la velocidad. No quería que los transeúntes con los que se cruzaba le confundieran con el famoso dibujo animado, el cual era perseguido por un coyote.

Demasiada televisión para cubrir las horas de insomnio.

El cambio en la aptitud de Skule después de que él le confesara que había sabido su pertenencia a La Sociedad, había sido como de la noche al día.

Ella, a partir de ese momento, se había colocado una potente coraza que todavía llevaba cuando Miguel había salido de su habitación.

Igual no había elegido bien las palabras.

Entró en la clínica evitando encontrarse con nadie y pasó de largo por el mostrador de admisión dando gracias a que la enfermera estuviera atendiendo una llamada, saludándola con la mano, rezó porque no hubiera nada pendiente en esos momentos y se fue directo a su apartamento.

Se metió en la moderna cabina de ducha, retardando el momento de enjabonarse. El olor de ella estaba por toda su piel, aunque deseaba conservar ese aroma sobre él y se sintió tentando a no lavarse, su trabajo requería higiene máxima y no podía hacer otra cosa que darle al agua y al jabón.

No sabía si era por el olor, por la sangre de ella o por los recuerdos de la noche anterior, pero llevaba duro desde el momento que había echado el último vistazo al cuerpo de ella por la ranura de la puerta, antes de que esta se cerrara silenciosamente.

Recordó el efecto de la sabana rodeando las perfectas curvas de la mestiza y no pudo evitar que su mano fuera directa a donde su sangre se acumulaba en esos momentos.

La mano rodeó toda su anchura y mientras comenzaba a acariciarse a sí mismo, la imagen de Skule sobre él, cabalgándole, se implantó en su mente tan clara como la había tenido hacia tan solo unas horas. La imagen era tan vivida, que sentía la suavidad de la rubia melena de ella acariciando sus pectorales. Su mano aceleró el ritmo hasta que sus testículos se tensaron tanto, que temió que explotaran allí mismo.

El orgasmo le atacó tan fuerte, que tuvo que morderse el brazo, clavándose los colmillos hasta el hueso, para que el grito que amenazaba con salir por su garganta no hiciera que todo el personal de la clínica invadiera su espacio privado, pensando que le pasaba algo grave y le pillaran en la ducha masturbándose como un mandril.

En esos momentos parecía más un adolescente hormonado, que un viejo vampiro de más de dos siglos.

***

Agnetha sintió como los pelos de la nuca se le ponían de punta.

Estaba sentada en el trono de hielo a la izquierda de su hermana Ursa, la líder del aquelarre. Ese era el lugar que le correspondía por derecho de sangre.

Las ondas que recorrieron su piel fueron como una fría caricia que le hizo sentir miedo, era como si la gélida mano del Diablo le estuviera recorriendo todo su cuerpo, revolviendo su estomago.

Al otro extremo del trono, en el lado derecho de la líder, su temperamental hermana Thora se levantó, desafiando a la desconocida bruja, que las miraba a todas con aire de superioridad desde las rocas que daban acceso a la cámara principal.

- ¿Quién eres? – dijo Thora.

- ¿Tanto han mermado los poderes de las brujas vikingas que no sois capaces de reconocer a una hermana? – contestó Nanna.

- Sabemos lo que eres, pero no quién eres – Thora no se amedrentó en lo más mínimo.

- Soy Nanna, hija y nieta de las que aquí se refugiaron hace un siglo – no iba a dar más datos de los necesarios, si supieran que realmente era de la generación de sus abuelas…

- Acércate a nosotras – dijo Ursa haciendo un gesto a Thora para que se sentara.

La mujer descendió por el camino rocoso que llevaba hacia el trono, sin inmutarse cuando todas las miradas de las brujas que se sentaban en el suelo la seguían al unísono, girando sus cabezas con tal sincronización que cualquiera pensaría que hubieran estado ensayando esa coreografía durante toda su vida.

Recordaban a un campo de girasoles.

Agnetha percibió claramente la condición de la extraña mujer.

Estaba claro que era una de ellas, eso no se podía negar. Pero su desarrollado sentido de la intuición le estaba provocando que le picara el cuerpo más que nunca.

Esto no presagiaba nada bueno.

Agnetha había heredado ese instinto de su abuela y esta de la suya y así sucesivamente saltándose una generación y heredándolo las nietas de las abuelas, hasta el principio de los tiempos. Hacía mucho tiempo que no le atacaba la picazón con tanta fuerza, esa noche tendría que cocinar la formula que había aprendido de su abuela y que casi nunca tenía que utilizar, pues la solía sustituir por modernas pomadas de la farmacia pero, esta vez, esas no serian suficiente.

Su abuela, que solía narrarle historias cuando ella era pequeña, le contó que hubo una época, antes de que todas ellas cayeran en desgracia, en que se tenía que bañar en esa pócima todos los días. También le dijo, que le picaba el cuerpo especialmente, cuando se cruzaba con una de las hermanas con la que convivía entonces, a la cual solía evitar, porque ella sabía que no era de fiar y siempre había sospechado que era una traidora. Esa bruja desapareció del mapa justo antes de que la inquisición cayera sobre ellas.

La anciana todo esto se lo contaba a espaldas de su madre, porque ella siempre la regañaba por hablar mal de cualquier hermana sin pruebas que lo demostraran.

Pero ella siempre había insistido en ello y le había contado todas esas historias a escondidas de su propia hija. Agnetha escuchaba ensimismada los relatos de su abuela y aunque hacia más de diez años que ella había muerto, se acordaba de todas y cada una de las cosas que le había contado. La mujer estaba especialmente empecinada en que, concretamente ella, se quedara con todos los detalles de sus historias pues, según su versión, en un futuro le serian muy útiles.

Agnetha miró la expresión de sus hermanas mayores las cuales no le quitaban ojo a la desconocida hermana.

Ellas eran sus hermanas de sangre además de serlo de corazón.

Ursa era su hermana mayor y la heredera del liderazgo que había dejado libre su madre hacia dos años a la edad de cincuenta. Esa era la edad en la que todas ellas dejaban el trono libre para su heredera.

Su hermana mayor era tranquila y sosegada y llevaba el liderazgo con mucha dedicación. Era líder, amiga, madre y consejera para casi todas las hermanas y no había ninguna que tuviera ningún problema con Ursa, al contrario, la querían como a una madre y siempre la buscaban en cualquier momento en el que necesitaran consejo. Todas las brujas del aquelarre acudían a ella para ser aconsejadas, dirigidas con cariño en los momentos de su vida en los que se sentían perdidas o, simplemente, necesitaban hablar con alguien que les trasmitiera una segura tranquilidad que era lo que su hermana mayor exudaba por cada poro de su piel.

Ursa rozó suavemente con su mano el brazo de Thora y su impulsiva hermana se sentó suavemente en su lugar, aunque continuaba con el ceño fruncido, cerró la boca inmediatamente y dejó que su hermana y líder tomara las riendas de la situación.

Agnetha miró a su hermana mayor y supo inmediatamente que estaba utilizando sus poderes para calmar a todo el mundo. Cuando un coro de suspiros sonó por toda la cuerva Ursa comenzó a hablar.

- 	Se bienvenida a la cueva de nuestros ancestros –

dijo amablemente – ¿a qué debemos el honor?

- Vengo a denunciar el asesinato de dos hermanas – dijo Nanna – una de ellas era mi hija.

- La cueva se llenó del eco de numerosos murmullos susurrados, producidos por todas las mujeres que se sentaban en el suelo.

- Silencio – ordenó Ursa con su tono calmado.

- Vengo a reclamar la ayuda de mis antiguas hermanas. La ley de las brujas vikingas me ampara – exigió Nanna.

- Por supuesto que la ley nos ampara a todas nosotras – dijo Ursa suavemente.

- Reclamo que mi hija sea vengada – dijo Nanna en tono exigente.

- Ursa se levantó de su asiento, algo más que inusual y se dirigió despacio hacia ella sin desviar sus ojos de los de la desconocida bruja. Agnetha tuvo que pasarse las manos por los brazos para relajar un poco el picazón de su piel y, su hermana Thora, hizo ademán de ir detrás de Ursa, pero esta le dedicó un leve gesto con las manos, para que no lo hiciera y la segunda al mando se quedó con las manos fuertemente apretadas contra las pieles que cubrían la roca, intentando obedecer las órdenes de su hermana mayor.

- Siento que eres una de las nuestras, pero no te conozco – Ursa hablaba mientras se acercaba a Nanna.

- Soy una bruja vikinga, heredera de sangre de las que fueron asesinadas hace más de un siglo y he venido a exigir mis derechos – Nanna miraba a la líder directamente a los ojos – tengo todos los detalles para demostrar lo que digo.

Ursa se detuvo a un metro de la desconocida bruja.

- Habla.

***

Adrian llevaba pasando consulta toda la noche junto a un, extrañamente distraído, Miguel.

El buen doctor había llegado media hora después de que se hiciera de noche y no había abierto la boca sobre nada que no fuera estrictamente profesional. No es que tuvieran demasiadas conversaciones íntimas, ni mucho menos pero, entre paciente y paciente, solían hacer comentarios sobre otras cosas que no tenían nada que ver con el ámbito profesional, resultados deportivos o temas similares.

Aunque Adrian se imaginaba que tenía que ver con su recién recuperada compañera, no tenía ninguna intención de preguntar, pues la relación entre ambos no era tan cercana como para eso.

Desde que la compañera de Miguel había ingresado en la clínica como paciente, el doctor no había estado tan centrado en el trabajo como normalmente. Eso le había permitido a Adrian tener mucha más responsabilidad en el trabajo, había estado pasando consulta y atendiendo urgencias mientras él estaba fuera, sin su estricta y continua supervisión.

Adrian había estudiado medicina en una universidad humana y después de hacer las prácticas en un hospital también humano siempre en horario nocturno, aunque podía salir por el día por su condición de mestizo, no le resultaba muy cómodo.

Adrian no se lo podía creer cuando había sido admitido como médico residente en la clínica de Miguel. El tenia claro que quería ser médico para sus congéneres y que el Dr. López de Mendoza le acogiera como alumno y ayudante, era como si le hubiera tocado la lotería. No había un médico sobre la faz de la tierra, que supiera más o que tuviera más experiencia que él.

Pero esto tenía su contrapunto y este era que siempre quería controlarlo todo y no dejaba que él tomara las riendas y tuviera sus propios pacientes. La única ocasión en la que le había dejado actuar por su cuenta, había sido la vez que tuvo que operar al humano con la mandíbula rota y esto sólo había sido porque en su propia mesa de operaciones había una mestiza mucho más importante para él, con un agujero de bala en el pecho.

Cuando hubieron terminado con el último paciente citado, Miguel se despidió escuetamente y se fue hacia su apartamento. Adrian fue hacia el mostrador de admisión a preguntar a las enfermeras si había alguna cosa pendiente. Le había dicho a Miguel que descansara, que él se quedaría de guardia y, sorprendentemente, el doctor había asentido con la cabeza alejándose por el pasillo como un alma en pena.

En el mostrador estaban tres enfermeras y las tres comenzaron a hacerse gestos entre ellas cuando él se acercó. Mary, la enfermera más joven de la plantilla, le contestó con la cara roja y las demás trasteaban dadas la vuelta, seguramente escondiendo la sonrisa. Adrian estaba acostumbrado a la reacción de ellas y no le dio importancia, aunque no podía entender porque reaccionaba así la población femenina cuando él estaba a su alrededor. Sus rasgos siempre le habían parecido demasiado aniñados.

Era igual de alto que casi todos los de su raza y con los músculos marcados por naturaleza, pero lo que realmente tenía éxito entre las féminas eran sus ojos espectacularmente azules y su cara de niño remarcada por una cascada de rizos pelirrojos, que llamaban la atención a todo el mundo. A pesar de todo, no había tenido demasiadas experiencias amorosas y las que había tenido no eran para echar cohetes.

Había llegado a la conclusión de que de momento no estaba interesado en las relaciones sentimentales, ahora tenía que centrarse cien por cien en su profesión y conseguir que su tutor y jefe le diera su confianza para actuar por su propio criterio.

Adrian se dio la vuelta sintiendo varios ojos en su nuca y se metió en la sala de estar, cogió una botella de 0+ de la nevera y se sentó en el sofá, con la intención de ver alguna película que le hicieran pasar las horas de guardia entretenido en algo.

En cuanto Miguel saliera de su apartamento, se iría a hacer un poco de ejercicio antes de irse a su casa a dormir.

Capítulo 5

Michael había salido del apartamento de Chelsie cuando el Sol ya no estaba en el horizonte.

Se había despertado en un desconocido sofá, totalmente desubicado. Miró hacia ambos lados y decidió, que quizás no era tan desconocido. Se había dormido en el salón del apartamento que ahora ocupaba su compañera Lola.

Alguna alma caritativa le había quitado los zapatos y le había echado una manta por encima. Inspeccionó su alrededor, que estaba levemente iluminado por la suave luz que desprendía el monitor de un ordenador, descubriendo a su compañera sentada frente al mismo, observándolo pensativa. Tenía las manos quietas sobre el teclado mientras miraba la bandeja de entrada de su correo electrónico. Ella, al escuchar movimiento, dio la vuelta a la silla de oficina donde estaba sentada para mirarle.

- Hombre, ya has salido del coma – dijo.

- ¿Qué hora es? – dijo Michael con voz rasposa, mientras se incorporaba algo más rápido de la cuenta -

¡Dios mi cabeza! – volvió a la posición de origen cuando el mundo dio dos dobles tirabuzones a su alrededor.

- Las seis de la tarde, llevas durmiendo más de seis horas – Lola se dio la vuela y volvió a mirar el PC.

- ¿Y el café prometido? – Michael consiguió que el mundo dejara de girar a su alrededor e inició la maniobra con mucho más cuidado. Cuando le pareció que la cosa estaba estable comenzó a meter los pies en sus zapatos.

- En la cocina – dijo Lola mientras hacía ademán de levantarse.

- Quieta sigue con lo que estés haciendo, ya voy yo – Michael la paró con un gesto de la mano.

Sintió la mirada de Lola en su espalda mientras entraba en la cocina bamboleándose.

La resaca era monumental. Debía de haber acabado con la botella de whisky él solito.

Se preparó un café solo con mucho azúcar, a ver si sus neuronas hacían el favor de dejar de bailar el twist dentro de su cráneo y se lo tomó apoyado en la encimera de la cocina, mientras escuchaba a su compañera trastear en el cuarto de baño.

Lola entró en la cocina y le lanzó una caja de ibuprofeno. Michael la cogió al vuelo con la mano libre.

Buuuueno… parecía que de momento sus reflejos seguían en forma.

- Tómate una para el dolor de cabeza – le dijo Lola.

- Gracias compañera te debo la vida – dijo con una sonrisa de medio lado.

Michael se tomó la pastilla, empujándola con el último trago de su café y se volvió para enjuagar la taza en el fregadero.

Ella le miraba con los brazos cruzados, pensativa, apoyada en la jamba de la puerta.

- Desembucha – dijo él mientras se daba la vuelta y se apoyaba en el borde de la encimera imitando el gesto de los brazos de ella.

- ¿Perdón? – dijo ella poniéndose roja.

- Pregúntame lo que te ronda por la cabeza – dijo él.

- Ehhh... no es de mi incumbencia... – Lola bajó la mirada.

- Prefiero que me lo preguntes a que te crees tu propia película – Michael seguía mirándola fijamente.

- Está bien, tengo una duda desde anoche y no sé si es así pero... – Lola se revolvió nerviosa – ¿Carmen y tú...?

- No – Michael no la dejó terminar la frase - ¿Por qué piensas eso?

- No sé, los dos os miráis con un gesto... especial – Lola se estaba poniendo roja y no sabía cómo salir del charco en el que se había metido.

- Creo que lo malinterpretas, Carmen jamás me miraría de esa manera – dijo con tono dolido.

- ¿Por qué? – preguntó ella.

- Yo... soy un simple humano...

- Bueno no creo que eso sea un problema para ellos, tenemos un par de ejemplos claros – Lola no entendía el razonamiento de Michael.

- Bueno – cortó Michael – te voy a dejar para que te instales.

- Está bien – Lola no insistió, la conversación ya había pasado del nivel de confianza entre ellos lo suficiente, como para hacerla sentir incómoda por un mes.

- ¿Quieres que te recoja mañana? – dijo Michael mientras se dirigía a la puerta.

- No. Me daré una vuelta para ir conociendo la zona – Lola se retiró de la puerta para dejarle pasar.

- Hasta mañana – dijo él.

- Hasta mañana y perdona por mi indiscreción – Lola le acompañó a la puerta.

- No hay problema.

Michael salió a la calle y se metió en el coche.

¿Tan obvio era?

Si hasta Lola que le conocía desde hacía pocos días se había dado cuenta...

Joder...

Intentó con todas sus fuerzas irse hacia su apartamento, pero como cualquier adicto no lo consiguió sin su dosis.

Arrancó el Cayenne, metió primera y se dirigió como un zombi hacía su mayor adicción, el Club Hematology y su preciosa camarera.

***

Carmen había dormido poco y mal.

Se había pasado toda la noche con las malditas pesadillas dando la lata, aunque al final siempre aparecía su extraño salvador y la sacaba de ellas con técnicas inconfesables, hasta que llegaba esa erótica última escena, la maldita pesadilla le hacía pasar las de Caín. Este final lo llevaba disfrutando sólo desde hacía unos meses pues antes de que su cerebro saliera con ese final, todo terminaba peor de lo que había empezado, haciéndola despertarse con un ensordecedor grito.

Siempre empezaba igual. Ella bailando en el escenario de ese mandito burdel donde le habían explotado cuando sólo era una joven e indefensa humana. La pesadilla seguía con varios apestosos hombres arrastrándola a una habitación y obligándola a hacer cosas innombrables, mientras jaleaban esperando a que les tocara su turno.

Ella, sumisa por obligación, mientas las arcadas contorsionaban su abdomen, obligándola a sujetar o tragar su propio vomito pues, en caso contrario, el castigo sería mucho más insoportable. Después de un tiempo interminable, cuando ella creía que moriría de pena y de asco, la puerta de la habitación se abría de un fuerte golpe y un alto y sexi hombre entraba en la sucia estancia.

A partir de ese momento la habitación cambiaba de aspecto, empezando porque los apestosos hombres desaparecían.

El colchón en el suelo se convertía en una hermosa cama con dosel. En vez de sabanas sucias y raídas, sus manos acariciaban unas suaves sabanas de raso. Las paredes con manchas de humedad y de otras cosas que mejor era no conocer de donde habían salido, ahora estaban limpias y recién pintadas. El hombre sin rostro siempre se sentaba al borde de la cama donde estaba tendida y esperaba a que ella le diera permiso para tocarla. Un calor le recorría todo su cuerpo y sin poder evitarlo ella se entregaba a él en cuerpo y alma, dejándose poseer y experimentando los únicos orgasmos que había sentido en toda su vida, aunque estos fueran sólo en sus sueños.

Se había levantado de la cama con la misma sensación de siempre cuando terminaba el sueño. Ese hombre era alguien conocido para ella, pero el maldito sueño no le mostraba el rostro y ella no caía en quien podía ser.

Estaba claro que su subconsciente le estaba queriendo decir algo, pero no era capaz de descifrar el enigma.

Después de ducharse se miró en el espejo del cuarto de baño. Su cuerpo era perfecto, piernas largas y torneadas, vientre plano, pechos firmes, la piel suave sin una sola imperfección y por supuesto, ni un solo pelo en todo el cuerpo excepto en la cabeza. Su larga y frondosa melena, caía en cascada hasta sus caderas, las ondas de color castaño oscuro brillaban con reflejos caobas por los cuales más de unas humana daría una fortuna, para conseguir lo que ella había tenido de manera natural y que había provocado que fuera una mujer caída en desgracia, sobretodo en la época en la que le había tocado vivir.

Abrió el cajón de un golpe seco y sacó todos los utensilios que utilizaba para recogerse el cabello. Se lo puso muy tirante y se hizo un moño bajo a la altura de la nuca, si tuviera el valor para consentir que alguien la tocara el pelo seguramente lo llevaría corto. Pero eso, de momento era algo imposible, tendría que tener mucho más control sobre si misma antes de intentarlo, no quería arriesgarse a saltar sobre alguna de las peluqueras con los colmillos extendidos.

Por supuesto con un peluquero ni se lo planteaba.

Salió del cuarto de baño después de maquillarse de manera muy natural y se vistió con unos vaqueros de pitillo, una blusa preciosa de la marca Flamenco que se había comprado en Madrid hacia unos meses y unos botines de tacón alto. Sacó el dinero de cambio para la caja y subió hacia el local para abrirlo.

El personal de la puerta y el DJ estaban esperándola en la puerta de emergencia a que ella les abriera, pues era ella la única que tenía llaves.

-   Buenas noches chicos – dijo ignorando las miradas

picaras de sus chicos.

- Hola jefa – dijeron mientras pasaban mirándose entre ellos.

Ella se había acostumbrado a que los hombres la miraran con anhelo e ignoraba el gesto siempre que fueran respetuosos, no era plan de andar abriendo cuellos todo el día, pero eso sí, pobre del que se le ocurriera ponerle la mano encima.

Estaba contando botellas y reponiendo el material que se había consumido la noche anterior, que no había sido poco, cuando llegó a la botella de Chivas. El oscuro liquido estaba casi en el fondo y recordó con una sonrisa al único amigo humano en el que medio confiaba y que era el causante de que aquella botella estuviera ya a punto de expirar.

La verdad era que Michael le hacía sentir cosas que de momento no iba a pararse a analizar.

Entró en el almacén moviendo la cabeza, mientras se reía en silencio de sí misma por tener ese atisbo de anhelo por un humano.

Eso no iba a ocurrir.

Nunca.

Sacó las botellas de los estantes y regresó a la barra. Un olor masculino muy peculiar, que le recordaba a algo, inundó su desarrollado sentido del olfato y miró hacia la fuente del aroma.

Michael estaba en el rincón más alejado de la barra, con los brazos cruzados sobre la madera y la miraba fijamente con una expresión indescifrable, los ojos de los dos se engancharon. Carmen se sorprendió por el cosquilleo que surgió en su bajo vientre, reflejándose en otra zona de su cuerpo que hacía años que se había congelado, al igual que su corazón.

***

Erika se acostó en su cama con lágrimas en los ojos. Llevaba todo el día dado vueltas a las imágenes de Lola con el brazo de Michael rodeando su cintura y subiendo entre risas hacia el apartamento y encima, si la cosa no había sido lo suficientemente dramática, también había perdido la noche anterior una pulsera de cuero que le había regalado su amiga Jimena y que le había asegurado que le daría suerte. Si eso no era una señal del destino que viniera Dios y lo viera.

Miró su reloj, eran las 23:00.

Sabía de sobra, que el insomnio iba a apoderarse de ella durante varias horas y no había nada en el mundo que la pusiera más nerviosa, que el estar en la cama y no poder dormir.

En un arrebato se levantó, se vistió con la misma ropa que había llevado esa mañana y bajó a la calle montándose en su coche para dirigirse al Hematology, con la esperanza de que el servicio de limpieza hubiera encontrado la pulsera y Carmen la tuviera guardada.

La escusa era cojonuda, porque también le podía llamar por teléfono sin ningún problema, pero necesitaba salir para que le diera el aire y era lo primero que se le había ocurrido.

Llegó a la puerta del club y el personal de la puerta al reconocerla, le saludo amistosamente.

El local estaba prácticamente vacío y olía a limpio. Miró hacia la barra la cual estaba igual de desierta que el resto, excepto por la altísima camarera, que trasteaba de espaldas con las botellas. La noche anterior debía de haber hecho estragos en los clientes habituales y tenían que estar todos tirados en el sofá de sus casas.

Se acercó a la barra e inmediatamente Carmen se dio la vuelta para encararla.

- Hola mi alma – dijo la morena.

- Hola Carmen, que solita estás – Erika no había visto tan vacío el local nunca.

- Pues... no del todo... – la mujer miró hacia el rincón de la barra.

Erika siguió la mirada de Carmen, hacia el rincón donde la barra hacia una curva y terminaba en la pared. Allí había una botella de Bud medio vacía, un llavero de Porche que Erika reconoció enseguida y un Iphone, que también supo en el momento de quien era.

- Solo venia a preguntarte si tenías mi pulsera, la que me regaló Jimena – Erika hablaba a toda velocidad, no quería enfrentarse a Michael en ese momento.

- Espera que miró en el cajón de objetos perdidos – Carmen hablaba mientras le ponía una Coca Cola a Erika.

- No me pongas nada que tengo prisa - dijo Erika.

- Venga déjame invitarte y hazme un poco de compañía, que me aburro como una ostra – dijo Carmen mientras abría un cajón bajo la barra en donde el personal de limpieza depositaba lo que se encontraba en el local.

- Es que tengo prisa... - Erika miraba ceñuda al pasillo de los aseos.

- ¡¡OLE!! Hemos tenido suerte – Carmen levantó la pulsera en el aire.

- ¡¡Uf!! Menos mal – Erika cogió la pulsera y se la colocó en la muñeca.

Comenzó a beber de su vaso a grandes tragos, pero no fue lo suficientemente rápida. Michael se estaba sentando en su taburete y la saludaba con la mano como si no pasara nada.

Erika le miró con cara de mal genio y no le devolvió el saludo. Michael arqueó las cejas con gesto de sorpresa y se levantó de la banqueta en dirección hacia ella.

Erika le dio un largo trago a su refresco y con los carrillos inflados se dio media vuelta y le dejó allí con tres palmos de narices.

Echó un vistazo de reojo antes de salir por la puerta. Michael estaba mirándola con cara de ¿qué ha pasado? y

Carmen la miraba con gesto parecido con el vaso de Coca Cola en la mano con todos los hielos sin derretir.

Capítulo 6

El suelo de madera de la casa familiar de las hermanas Spaki, retumbaba con los fuertes pasos de Thora. Las tres llevaban viviendo en esa casa desde que nacieron. Su abuela había comprado el terreno a orillas del lago en cuanto la sociedad ya no pudo retenerlas más en la montaña.

La casa de madera estaba pintada del rojo típico de la zona, este se conseguía a través del cobre de las minas cercanas. Como todas las casas de ese tipo, el exterior engañaba por su sencillez pues, en el interior de la misma, se contaba con todos los adelantos tecnológicos de la época.

Ursa miraba a Thora deambular por el salón, sentada en su sillón con el típico gesto tranquilo del que normalmente hacía gala.

Agnetha, por su parte, observaba a sus muy diferentes hermanas, sentada en el escritorio delante de su ordenador. Thora se moría por formar un equipo y salir cuanto antes hacia Los Estados Unidos de América, a vengar a sus hermanas asesinadas, pero Ursa, con mejor criterio, le había pedido calma. Las decisiones tomadas en caliente no solían ser las correctas y había pedido a su hermana pequeña que investigara cualquier noticia que hubiera sobre el tema en Internet.

Agnetha estaba leyendo la noticia de la muerte de Viviana en un periódico online español. La policía del país había cerrado el caso como un suicidio, pero la recién descubierta hermana aseguraba que había sido todo un montaje y que la bruja española, había sido asesinada por vampiros, una humana y otra bruja.

Ella sentía mucha curiosidad por los vampiros, aunque hasta ese momento, nunca había tenido ningún encuentro con ellos. Por supuesto las brujas sabían que existían los no muertos, sobre todo en los países del Este, pero jamás los había visto. Se preguntó los motivos por los cuales, en caso de ser cierto, habrían asesinado a la mujer sobre todo la otra bruja.

Todas ellas sabían lo que suponía el asesinar a una hermana, una sentencia de muerte segura.

***

Nanna se paseaba orgullosa por las calles de Dunderland, aunque hiciera un siglo desde que se fue de esas tierras, las sentía como suyas.

Las gentes la miraban extrañadas y se cruzaban de acera, mientras hacían un gesto igual que el que había hecho el empleado del hotel al verla, no podía importarla menos, ella era muy superior a esos insulsos seres a los cuales pensaba gobernar en breve.

De vez en cuando se cruzaba con alguna mujer que su instinto reconocía como medio bruja y que seguramente había estado en la cueva, aunque algunas de ellas le habían dedicado un leve saludo, ella no las había contestado, no tenía ningún interés en la plebe, las que de verdad le interesaban eran las líderes. Sus planes eran llevarse a las tres hermanas a su terreno y en cuanto la venganza estuviera consumada, reclamar el liderazgo del aquelarre por pureza de sangre y por edad. Según las antiguas leyes ella debería ser la que estuviera sentada en el trono central y su hija, si hubiera estado viva, se sentaría a su derecha. Se quitó ese último pensamiento de la cabeza, no dejaría que ningún sentimiento la debilitara. Sería la líder de todas las brujas vikingas y estas tendrían que acatar sus órdenes. Los planes de recluirse con la diosa los dejaría para otro momento, en que no tuviera otro remedio que pedir la protección de la más malvada deidad de todos los tiempos.

Se dirigió hacia el frío lago. Esa enorme masa de agua era para ella como el equivalente a un cementerio para cualquier otra persona. Allí era donde habían sido arrojadas muchas de las hermanas con las que había convivido décadas atrás, entre ellas su madre. Llegó a la congelada orilla agachándose para tocar con las puntas de los dedos el gélido líquido, como si ese gesto la acercara a las mujeres que dieron su vida defendiendo su verdadera naturaleza. Realmente sentía dolor por los acontecimientos del pasado, pero no se arrepentía de cómo había actuado ella, el que se hubiera quedado, no habría solucionado nada, simplemente seria otro cuerpo anónimo dando de comer a las criaturas del fondo del lago. Seguramente hubiera estado mucho mejor visto desde el punto de vista de las personas, que anteponen el honor a la autoprotección, pero eso era algo que a Nanna le traía sin cuidado, ella estaba por encima de cualquier otra cosa, siempre había sido así y seguiría siendo de esa manera en un futuro. La única persona que le había hecho dudar en algún momento de su forma de ver la vida, había sido su hija Skule y ahora estaba muerta y, aunque le dolía haberla perdido, no se dejaría arrastrar por la pena, ya no podía remediarlo, lo único que podía hacer era vengarla y eso estaba más que dispuesta a conseguirlo, aunque hubiera más motivaciones para ello, esa iba a ser una de las más importantes de la lista para, por fin, matar a todos esos malditos vampiros de Nueva York entre los que se encontraba el escurridizo Tom.

Dios como le odiaba.

Levantó la vista pensativa, mientras se mojaba los labios con el agua de sus dedos y se quedaba ensimismada observando la preciosa casa roja de la orilla de enfrente. Sus sentidos le decían que esa casa estaba habitada por brujas y no precisamente del tipo mediocre de las que se había cruzado en las calles de Dunderland, allí vivían brujas de sangre pura y, las únicas con esas características que había detectado en la zona, eran las tres hermanas.

Les haría una visita de cortesía.

***

86

Skule llevaba toda la noche deambulando por la Quinta Avenida de Nueva York.

Se sentía totalmente perdida. Hasta ese momento había vivido en un sueño, pero ahora, después de despertarse, se había caído de la cama dándose de morros contra el duro y frio suelo.

El sentimiento de estar en un cuento de hadas se había ido al traste en cuestión de horas y había quedado claro que ni él era un caballero de brillante armadura, ni ella era una lánguida dama rescatada de su torre, muy por el contrario, ella era una guerrera a la cual había estado engañando durante toda su vida la única persona en la que había confiado, y él, un viejo vampiro que no se había enamorado de ella lo suficiente, como para tener el coraje de reclamarla hacía años y que ahora, se creía con el derecho de pensar que le pertenecía.

Lo llevaba claro el doctorcito.

Jamás dejaría que nadie volviera a manipularla de ninguna manera. Esto incluía a viejos vampiros machistas y a brujas con sentimiento de propiedad sobre sus hijas. Aunque sabía que era una locura, echaba de menos a su madre y había tenido la tentación en la soledad de su habitación de hotel, de marcar el número de teléfono de la mujer que le había parido. Aunque estaba segura que tarde o temprano llegaría el momento de enfrentarse a Nanna, prefería que este llegara cuando ella tuviera las ideas mucho más claras que en esos momentos y, aunque le costara un triunfo, decidió no marcar de momento el número de su móvil.

Se introdujo en Central Park por el acceso Este, que era el que daba a la conocida gran avenida de la ciudad. A esas horas de la madrugada, el parque estaba desierto y ella necesitaba intimidad para poder desahogar su frustración haciendo ejercicio. Su ritmo de carrera sorprendería hasta al mismísimo Usain Bolt y no era plan de dar el espectáculo en hora punta en el parque más visitado del mundo.

Según cogió uno de los caminos comenzó a acelerar el paso hasta que este se convirtió en un ritmo constante, para ella era el ritmo normal para hacer jogging, pero a los ojos humanos, era un sprint de velocista jamaicano en toda regla.

Llevaba más de media hora a ese ritmo cuando se sintió observada. Aceleró el paso pues no tenía ninguna gana, de tener que andar por cerebros humanos para borrar las imágenes de ella de sus mentes. Ya estaba casi al otro extremo del parque, cuando sintió la misma presencia. Skule se paró en seco y se dio rápidamente la vuelta, adoptando una postura de ataque. Una gran nube de polvo se levanto a su alrededor cuando alguien, que no era precisamente humano, frenó para no chocarse contra su cuerpo.

Skule observó de arriba abajo al joven que reconoció como un mestizo y que la miraba con ojos intrigados.

- ¿Quién eres? – dijo Skule – reconozco tu olor.

- Soy el ayudante del Dr. López – dijo Adrian.

- ¿Me estas siguiendo? – dijo ella con los ojos

entrecerrados.

- No… yo… vengo a correr por las noches – dijo él disculpándose.

- Ya – Skule se dio la vuelta – dile a tu jefe que si quiere hablar conmigo no tiene porque mandar a ningún lacayo.

- Yo no soy lacayo de nadie – dijo el chico algo ofendido – te he dicho la verdad.

Skule le miró retándole y comenzó a correr a toda velocidad, el chico la siguió el paso poniéndose a su altura y aguantándola el ritmo. Ella sabía de sobra que el chico decía la verdad pues su don, heredado de su recién descubierto padre, no fallaba nunca.

Los diez kilómetros de la vuelta entera al parque los recorrieron más de veinte veces, pasaron por el Jacqueline Kennedy Onassis Reservoir y la humedad del gran lago hizo que la cara de Skule se refrescara, dándole más fuerzas para seguir corriendo todavía más rápido, se deleitó mirando la impresionante imagen de los rascacielos que rodeaban la zona sin perder el ritmo, ella era muy competitiva y de ninguna manera iba a ponérselo fácil al chaval. Miró hacia su derecha y no pudo evitar una sonrisa al ver al pelirrojo siguiéndola el ritmo sin ningún problema, aunque tenía la cara bastante roja, ella sabía que no era de agotamiento, sino debido a la blanca y pecosa piel con la que el chico había nacido. Skule tuvo que reconocer que el muchacho era atractivo, aunque para ella, por más que le molestara en ese momento, no había otro que no fuera Miguel.

Cuando el Sol estaba a punto de salir, se dirigieron hacia la entrada de la Quinta Avenida a un ritmo más parecido al humano, pues ya había alguno de ellos haciendo estiramientos sobre los bancos.

- Mañana a la misma hora – sentenció Skule.

- Vale... lo intentaré - dijo Adrian.

Skule se fue sin decir ni una palabra más, mientras intuía al joven de precioso rizos naranjas, observándola con la boca abierta desde la puerta del parque.

Llego al hotel y se fue a la ducha. Aunque el servicio de habitaciones ya había pasado por allí, su olfato de medio vampira todavía podía detectar el olor del sexo de la noche anterior y no pudo evitar el sentirse excitada.

Aunque en ese momento se sentía decepcionada por lo que había descubierto ¿o había sido imaginado? La verdad es que Skule no había preguntado todas sus dudas a Miguel y se había sacado sus propias conclusiones sin más. Tampoco había querido invadir la mente de su amante sin su permiso, eso sería un ataque a su intimidad en toda regla, además le daba miedo lo que pudiera descubrir.

¿Y si el viejo doctor le había usado como último recurso para no sentirse solo?

¿Y si la querían para atraer a su madre y vengarse de ella?

Si conseguían acabar con La Sociedad y con todas sus células ¿seguirían queriéndola con ellos? o muy por el contrario la juzgarían como uno de los miembros, ella había sido después de El Gran Padre, la segunda persona con más rango de la misma.

Tom, su recién descubierto progenitor, había sido muy cariñoso y protector con ella, pero realmente no se conocían de nada y, ahora que conocía lo que Nanna le había hecho en el pasado, comprendería perfectamente que él se quisiera vengar de ella de la manera más efectiva y para una madre normal, la manera más cruel de maltratarla era atacando a sus crías.

Eso a una madre normal, pero Nanna era de todo menos normal.

De momento intentaría ignorar a Miguel, necesitaba resolver todas sus dudas antes de entregarse a un hombre que, seamos sinceros, realmente no conocía de nada.

El olor de Miguel se le introdujo en el cerebro. No podía evitar seguir sintiéndose muy atraída hacia él y le estaba costando un triunfo, no seguir sus instintos y presentarse en la clínica, abalanzarse sobre su impresionante cuerpo para hacerle el amor, mientras le exigía todas las respuestas a las miles de preguntas que le rondaban la cabeza.

El agua comenzó a deslizarse por su cuerpo y la imagen de él con los colmillos extendidos, moviéndose al ritmo del sexo bajo sus piernas, mientras ella le montaba apoyada en sus espectaculares pectorales, se le implantó en su mente y no pudo evitar que su mano se deslizara por su abdomen en dirección Sur.

Revivió de nuevo en su mente el momento, mientras se daba placer ella misma hasta llegar al orgasmo.

En ese momento se dio cuenta de que sus planes iban a ser imposibles de realizar. La idea de ignorarle iba a ser simplemente eso, una estúpida e imposible idea que no iba a ser capaz de cumplir.

***

Miguel salió de la consulta detrás de Carlos y Jimena. La revisión del sexto mes reveló que Manuel iba a ser un niño sano y muy, muy grande. El padre no cabía en sí de orgullo y la madre se tomaba la noticia del tamaño con resignación.

- Pero si es tan grande – dijo Jimena – ¿el parto...?

- No te preocupes – la tranquilizó Miguel – en caso de que tengas problemas en el expulsivo, realizaremos una cesárea.

- Uff – resopló Jimena – mejor no lo pienso.

- Tranquila cariño que seguro que todo sale bien – le dijo su marido mientras la agarraba por lo que, hasta hacía unos meses, había sido una estrecha cintura.

Acompañó a la pareja educadamente hasta la puerta de la clínica, mientras acariciaba inconscientemente con las yemas de los dedos el teléfono móvil que llevaba en el bolsillo de la bata, como si de esa manera lo incitara para que comenzara a vibrar anunciando una llamada de ella.

En el momento que sus amigos salían por la puerta de recepción hacia el garaje, un conocido aroma le hizo tambalearse. Miró hacia todos lados intentando encontrarse con ella pero no había nadie. La única persona que se encontraba en el garaje, aparte de Carlos, Jimena y él mismo, era Adrian. El joven salía de su BMW Z4 biplaza, vestido con ropa deportiva y claramente necesitando una ducha.

- Me ducho en cinco minutos en el vestuario y me quedo de guardia – dijo el chico mientras pasaba a toda velocidad por su lado.

Miguel no le contestó pues las palabras se le habían quedado atrancadas en la garganta, mientras su cerebro echaba humo intentando buscar una explicación lógica.

- Miguel. Hey amigo ¿me has escuchado? – Carlos le miraba con gesto preocupado al igual que su esposa.

- Perdón, no te he escuchado – dijo él entre dientes.

- ¿Estás bien? – preguntó Jimena – estas demasiado blanco, incluso para un vampiro.

- No... yo solo... necesito descansar y alimentarme – se excuso Miguel – nos vemos en un mes pero, si notas algo fuera de lo normal, bajas inmediatamente.

- Está bien doctor – dijo Jimena – espero que no haga falta.

Miguel cerró la puerta y se dirigió rápidamente hacia los vestuarios del personal. Abrió la puerta de la zona masculina de los mismos y se sentó en los bancos, mientras escuchaba el agua de la ducha caer al final del pasillo. Justo a sus pies estaba la bolsa de deporte de Adrian y, dentro de ella, la ropa de deporte que se acababa de quitar. Cogió la camiseta sudada de su residente y la olió. El aroma que inundó sus fosas nasales, aunque mezclado con el olor del chico, lo reconocería en un estadio de fútbol lleno de humanos sudorosos sin un ápice de error.

Ese olor pertenecía a Skule y la mestiza no había estado con Adrian desde hacía varios días, además ella no había sudado en la clínica, la única vez que ella había tenido ese olor acentuado por el sudor, había sido con él en la habitación de hotel y no entendía porque su médico residente tenia aquel olor pegado a su piel y en sus ropas.

Aunque había ido al vestuario con la intención de pedir explicaciones, en un momento de lucidez cambio de opinión, se levantó y salió por la puerta sin esperar a que Adrian saliera de la ducha. En ese momento estaba demasiado agresivo como para controlarse si el chico reconocía haber tenido algo con ella.

Se fue por el pasillo a toda velocidad con la mano en la boca, en un intento de tapar sus colmillos, que estaban extendidos en toda su longitud y mirando hacia el suelo con sus ojos totalmente rojos, para no asustar a ninguna enfermera si por casualidad, se cruzaba con alguna de ellas por el pasillo.

Cuando por fin se encontró en la intimidad de su hogar, dio un puñetazo tan fuerte al mueble del recibidor, que atravesó la noble madera hasta el codo, cortándose profundamente con las astillas el antebrazo.

- ¡¡MIERDA!! – gritó y no precisamente por la herida.

Sacó el brazo sin ningún cuidado y, obviando la fea herida, se fue hacia la cocina. Abrió la puerta del frigorífico y se bebió dos botellines de sangre uno detrás de otro. Cuando se hubo calmado lo suficiente como para empezar a ver todo de los colores correspondientes y no de un rojo brillante, se sentó en el sofá apoyando su cara en las manos, como si su cuello no fuera capaz de sujetar por más tiempo el peso de tanta presión dentro de su cráneo.

Levantó la cara cuando sintió una cálida humedad en sus pantalones, su sangre estaba escurriendo por el brazo y empapaba la pierna donde él había apoyado el codo.

Evaluó la gravedad de la misma. Si eso se lo hubiera hecho un humano tendría que pasar por quirófano sin duda, musculo, tendones y hasta el hueso estaban a la vista. Se levantó molesto por tener que hacer el esfuerzo en ese momento y se dirigió hacia el cuarto de baño donde guardaba un maletín con material de primeros auxilios.

Desde luego el trabajo lo iba a hacer él mismo, de ninguna manera iba a pedir a Adrian que lo hiciera por él.

Se limpió la herida, manos y uñas con agua y jabón y secó la herida minuciosamente con gasas estériles. Colocó mecánicamente el material que iba a utilizar y comenzó el trabajo buscando si se había quedado algún cuerpo extraño dentro de la fea herida. Cuando quedó convencido de que no había nada que no tuviera que haber, aplicó un antiséptico a chorro y comenzó a coser ayudándose con la boca para anudar los puntos. El estomago se le revolvía con cada pinchazo de la aguja pero, aunque podía haberse puesto anestesia para pasar el proceso con más tranquilidad, quería sentir el dolor físico para ser más consciente del dolor psicológico que le estaba embargando durante las horas que llevaba separado de su amada.

Capítulo 7

Eran las 7:45 de la mañana cuando Lola miró compulsivamente el reloj de su Smartphone por última vez.

Aunque su hora de entrada era las 8:00, llevaba en el despacho del departamento de seguridad que compartía con Michael desde las 7:30, tomando un café con leche en su recién estrenada mesa de trabajo, que había sido instalada para ella hacia un par de días.

El modernísimo ordenador estaba encendido, con el programa de control de las cámaras de seguridad emitiendo las imágenes que tomaban en esos mismos momentos. Aunque había cámaras por todas las estancias de la empresa, con unas cuantas excepciones, a Lola solo le interesaban en ese momento cinco de ellas. La de la entrada de empleados, la del ascensor del aparcamiento, la del pasillo de los vestuarios, la de la sala de estar de empleados y la que ofrecía un primer plano del tocador donde trabajaba su pequeña peluquera.

Las 7:49 nada de nada.

Las 7:52 Guadalupe, la leal secretaria del jefe, subía distraídamente en el ascensor.

Las 7:55 Guadalupe haciendo una cafetera en el estar.

Las 7:58 Violeta entrando por la puerta de empleados.

Las 8:00 movimiento en todas las cámaras, gente entrando por los pasillos, por el ascensor y un conocido Volkswagen Escarabajo descendiendo por la rampa del garaje.

La puerta se abrió y un Michael con unas ojeras tipo oso panda, entró al despacho con un café en cada mano.

- Buenos días compañera – dijo dejando uno de los vasos delante de Lola.

- ¿Buenos? Cualquiera lo diría con la cara que traes – Lola se bebió el último trago del café que tenía en la mano y cogió el otro.

- Me acosté tarde y no he dormido muy bien – dijo él.

- ¿Estuviste en el club? – dijo ella por decir algo, mientras seguía los movimientos de Erika de cámara en cámara.

- Si, fui a tomar una cerveza – dijo mientras se apoyaba en la mesa de Lola – Mmmm... pasó algo extraño que no sé como describir.

Lola despegó sus ojos de la pantalla y recostándose sobre el respaldo de la silla, esperó a que Michael se explicara.

98

- Me encontré con Erika en el club y ella tuvo un comportamiento... diferente hacia mí – Michael hablaba extrañado.

- Como de diferente – Lola ahora tenía los cinco sentidos puestos sobre su compañero.

- Pues como si estuviera enfadada conmigo – dijo – me negó la palabra y me miraba como si quisiera apuñalarme en ese momento.

Lola comenzó a procesar la información a toda velocidad, buscando alguna explicación a lo que le estaba contando su compañero. Aquí había gato encerrado.

Comenzó un recorrido por el tiempo para ver si se le escapaba algo.

Punto número uno: ellas habían quedado la noche anterior en verse el domingo por la mañana y Erika no se había presentado, sin dar ninguna explicación. ¿Por qué?... ni puñetera idea.

Punto número dos: Erika le había mandado un WhatsApp a Lola en el momento que había llegado a su apartamento y todo parecía normal, incluso le había comentado las ganas que tenia de que llegara el día siguiente para ir a dar un paseo por Central Parck juntas.

Punto numero tres: salió del apartamento de Michael y se dirigió hacia Chelsie con su compañero ayudándola en el proceso.

Punto número cuatro: había estado toda la mañana y parte de la tarde, intentando ponerse en contacto con Erika y le fue imposible, no contestaba a sus correos ni a sus mensajes, cuando le había asegurado que iría a buscarla al apartamento de Chelsea.

Punto número cinco: Erika estaba por alguna razón enfadada con Michael.

Ella había ido al nuevo apartamento con el tiempo suficiente, para que la diera tiempo a colocar la mayoría de sus cosas antes de que Erika fuera a buscarla. Había subido con Michael al apartamento, cogidos por la cintura, riéndose y no habían vuelto a bajar en varias horas…

Oh Dios.

Joder.

Ella debía de estar en la zona y había debido pensar que entre ellos…

Joder.

- Se te acaba de ir toda la sangre de la cara – le dijo él – que te pasa.

- Na… nada – dijo ella levantándose – voy… en seguida vuelvo.

Lola salió del despacho y se dirigió hacia el vestuario femenino. Cuando entró encontró a Marta y Anabel cambiándose mientras hablaban sobre la fiesta del sábado.

- Hola chicas – saludo Lola.

- Hola Lola, Erika esta en el aseo – dijo Marta en voz baja.

- ¡¡ ERIKA NOS VAMOS AL SALON!! – La pelirroja le guiñó un ojo al pasar seguida de Anabel y las dos salieron por la puerta.

Se sentó en un banco y esperó a que saliera. La puerta de la cabina del WC se abrió y Erika salió en dirección al vestuario recolocándose la falda. A Lola le dio tiempo a ver el gesto apenado del rostro de la peluquera, antes de que esta la viera y cambiara la cara a modo mosqueo.

- Hola…

Erika pasó por su lado sin responder y se fue directa al espejo del baño a retocarse los labios.

- Te estuve esperando ayer – Dijo Lola.

- ¿De verdad? – Erika usó un tono entre el enfado y la pena.

- Por supuesto que sí – dijo Lola – porque no fuiste.

- No quería interrumpir nada – Erika cerró su taquilla y se dirigió a la puerta.

- ¿Interrumpir el que? – Lola ya sabía de qué iba el tema, pero quería oírlo de la boca de Erika.

- Parece que estás muy unida a tu nuevo compañero – dijo mientras salía por la puerta del vestuario, dejando a Lola con la palabra en la boca.

Lola salió tras ella al pasillo, dispuesta a aclarar todo aquello, pero Erika había salido corriendo y estaba bajando la escalera de caracol.

- ¡Erika! – Lola la llamó desde arriba.

Todos los compañeros, que ya estaban colocando sus cosas para comenzar a trabajar, la miraron. Con una excepción. Erika siguió su camino como si no la hubiera escuchado.

Lola se dio la vuelta introduciéndose de nuevo en el pasillo, para dirigirse al despacho que compartía con Michael. No iba a montar una escena delante de nadie.

***

Erika se fue derecha hacia el cuarto de tintes y en el momento que cerró la puerta tras de sí, se echó las manos a la cara intentando aguantar las lagrimas, fracasando en el intento estrepitosamente. Dos chorretones cálidos recorrieron sus mejillas sin poder evitarlo y comenzó a hipar.

¿Cómo podía haber sido tan estúpida?

Se había hecho ilusiones con Lola sin saber si ella la iba a corresponder. Por favor, si ni siquiera sabía si ella era heterosexual, homosexual o ambas cosas. Nunca habían hablado del tema. Ella simplemente había dado por hecho que su "amistad" era debida a la atracción que sentían ambas entre sí. Por lo menos por su parte había sido así. Ahora se sentía totalmente ridícula del numerito de novia celosa que había montado.

Dios mío, era patética.

Cuando se calmó un poco y se quitó el rímel de la cara con un pañuelo de papel, salió al salón y se encontró en la puerta del cuarto a Marta y Sebastián discutiendo en voz baja. En el momento que la vieron salir se callaron inmediatamente y la miraron preocupados.

- ¿Estás bien cielo? – la dijo Marta.

- Si estuviera bien no tendría los ojos como tomates – contestó Sebastián.

- Dejarlo chicos – dijo Erika – dentro de un rato se me pasará.

Los dos compañeros se la quedaron mirando, intentando no meter la pata mientras ella se dirigía hacia la recepción en busca de su primer cliente. Por el camino, iba intentando convencerse de que aquello era otra lección que le había brindado la vida y que todo se le pasaría en unos días.

Vale, lo que tú digas.

***

Michael levantó la cabeza de su ordenador cuando Lola entró como una exhalación en el despacho, sin decir una palabra pero con un aura tan negra, que era como si le hubiera mandado a la mierda a grito pelado.

- Ummm – Michael la miró extrañado.

- Déjalo – dijo secamente Lola – no quiero hablar de ello.

Vaaaaale.

Volvió a meter la cara en el ordenador en los presupuestos que le habían enviado diferentes empresas de seguridad, para poner un moderno sistema en el aparcamiento subterráneo que detectara el acceso de cualquier vehículo, por medio de la matricula, que no estuviera autorizado. El episodio del secuestro de Jimena había dejado en entredicho la seguridad de las instalaciones.

Llevaba una hora comparando distintas alternativas, mientras su compañera supervisaba todas las cámaras de seguridad, cuando por fin el incomodo silencio se rompió.

- Ella está celosa – dijo Lola sin más.

- ¿Perdón? – Michael no sabía de que le estaba hablando Lola.

- Erika – suspiró Lola – piensa que tú y yo…

- Entiendo – Michael se acarició las mejillas con barba de dos días.

- Creo que nos vio subir al apartamento y después…

- Yo no baje en unas cuantas horas, demasiadas si lo piensas desde su punto de vista.

- Exacto – Lola soltó todo el aire de sus pulmones mientras se recostaba en la silla.

- Pues habrá que sacarla de su error – Michael se levantó de su asiento.

- Espera – dijo ella parándole – yo lo haré en privado.

- ¿Por qué? – dijo él parándose – esos rumores hay que pararlos cuanto antes.

- No quiero que sepa que tú lo sabes. Cuando salga de su error se va a sentir fatal y si piensa que solo lo sé yo será más fácil para ella. No quiero que se muera de vergüenza la próxima vez que se ponga delante de ti.

- Está bien – dijo él – pero quiero que todo quede aclarado antes del viernes, si no, lo aclaro yo.

- De acuerdo – contestó ella.

Michael se sentó de nuevo en su silla y siguió estudiando los distintos presupuestos. Su mente ahora se había ido, hacia el motivo por el que quería aclarar todo esto con tanta urgencia. No iba a consentir de ninguna manera, que esas falsas suposiciones llegaran a oídos de Carmen.

Michael quería que su vampira tuviera claro que él estaba libre y totalmente disponible para ella.

***

Las puertas del Hematology se abrían todos los días de la semana y aunque entre diario lo visitaba muy poca gente, Carmen no se había planteado en ningún momento cerrar un día de la semana para usarlo de libranza. Aunque, por supuesto, su personal libraba dos días por turnos y Carlos insistía en que cerrara las puertas del local dos días a la semana para poder descansar, ella se había negado siempre.

¿Qué iba a hacer por las noches si no abría?

Seguramente pensar en su pasado y eso era lo que Carmen había intentado evitar durante casi un siglo.

Además, siempre había algún solitario que necesitaba un sitio donde plantar el culo antes de irse a dormir. No podía cerrar las puertas del lugar, donde pasaban el rato algunos de sus amigos casi todas las noches.

Ese lunes abrió los cierres del club como cada día.

La noche anterior había estado acompañada por Michael hasta que ella había cerrado el local. Después del episodio con Erika, él había estado pensativo mirando su cerveza, como si en el ambarino líquido, fuera a descubrir la respuesta a todos sus problemas.

Cada vez que Carmen se daba la vuelta, sentía los ojos del atractivo humano clavados en ella. Aunque le costara entenderlo, era la única persona a la que le consentía esto, no lo sentía amenazante ni inapropiado. Le agradaba.

- Hey mi alma – Stefan la saludó desde la barra con esa mezcla de ruso y acento andaluz conseguido de las largas horas que pasaba con ella.

- Hola guapo – Carmen se dio la vuelta.

Su querido amigo Stefan, se estaba sentando en su sitio habitual de la barra, acompañado de Sebastián. Esos dos llevaban una temporada que no se separaban. A Carmen, aunque le agradaba el peluquero, no llegaba a entender el acuerdo que tenían entre los dos. Bueno el tiempo lo aclararía.

- Que solita estas hoy – dijo el ruso – que raro que no esté Michael.

- Sí, hoy estoy más sola que la una - dijo Carmen obviando el tonito con el que lo había dicho Stefan – que os pongo.

- Cerveza – dijo Stefan.

- Otra para mí – dijo Sebastián.

- Pues si es raro que no esté nuestro Michael – insistió Stefan.

- Últimamente parece ser que está muy ocupado – comento Sebastián en un intento de ser casual.

- ¿Y eso? – Stefan le miraba con una ceja levantada.

- Con su nueva compañera – dijo el peluquero – parece ser que se llevan muy bien.

- ¿Qué quieres decir? - Carmen se dio la vuelta como un resorte.

- Pues eso – Sebastián le dio un largo trago a su cerveza – que se comenta que están liados.

La vampira notó un cosquilleó en las encías y comenzó a ver las cosas en un tono más rojo de lo normal. Se dio la vuelta rápidamente disimulando, mientras colocaba las botellas de las estanterías.

¿Qué mierda había sido eso?

Capítulo 8

La mujer avanzaba pesadamente en dirección a la casa. La nieve caía suavemente, blanca y pura, difuminando la silueta que se acercaba lentamente y asegurándose de que el paisaje siguiera como tenía que estar en esas latitudes. Tan blanco y frio, como la figura femenina que, envuelta completamente en su capa de piel de reno, casi pasaba inadvertida para los ojos de los humanos.

No para los de ellas.

Agnetha se había levantado de su escritorio, dirigiéndose instintivamente hacia la ventana del porche, en el momento en que su piel había comenzado a picarle, con una intensidad similar, a la que había experimentado el día anterior en la cueva de hielo.

Sus hermanas le habían seguido sin mediar palabra. Ellas también tenían sus propios medios para detectar la presencia de un intruso y, mucho más, de aquella extraña bruja que se autoproclamaba una hermana, pero que ellas no habían visto jamás. Estaba claro que era una de ellas pero, escondía algo y Agnetha intuía que no era nada bueno.

Ursa cerró suavemente el enorme libro encuadernado en piel que releía atentamente. El ejemplar era el volumen número uno, de los diez que componían en ese momento "Las Memorias de las Brujas Vikingas". Esto lo habían heredado de sus ancestros y pertenecían a todas las brujas vikingas pasadas, presentes y futuras, pero como líder y guía del aquelarre, en esos momentos era a ella a quien les tocaba la responsabilidad de su guarda, custodia y la continuidad de la escritura de todos los acontecimientos, pensamientos e historias que pasaban a su alrededor.

Los libros serian entregados a la siguiente líder el día de su nombramiento, para que continuara con la importante misión.

La hermana mayor lo guardó rápidamente en un armario, que después cerró con llave. Agnetha había visto a su hermana consultar los enormes ejemplares con frecuencia, pero esta vez lo estaba leyendo con mucho más detenimiento. Estaba claro que la tranquila Ursa tampoco tenía todas consigo sobre la mujer.

Thora abrió la puerta, cuando todavía la figura de la bruja Nanna subía la escalera del porche de la casa, sin esperar a que esta tocara en la puerta.

Las tres se quedaron mirando a la mujer sin decir una palabra. Fue Ursa la que rompió el incomodo silencio.

-    Buenos días hermana – dijo la líder educadamente – se bienvenida a nuestro hogar.

-    Buenos días – contesto Nanna educadamente,

aunque el tono no sonó natural.

Las tres siguieron evaluándola en el porche, Agnetha miró a su hermana Ursa, que observaba a la mujer con una expresión tan neutra, que no sabias si era una persona o un muñeca.

En ese momento Agnetha se sintió orgullosa de ser su hermana, ella nunca podría guardar la calma de esa manera. Hacía honor a su cargo no demostrando ningún sentimiento hacia la extraña y manteniendo la calma. Thora era todo lo contrario, tenía los puños cerrados y los apretaba a cada lado de su cuerpo, retorciendo la tela de su vestido en un intento de no saltar sobre la mujer, que se había atrevido a presentarse en su hogar sin ser invitada. La mirada de sus ojos eran dos puñales, que taladraban a la mujer directamente en su pecho. Agnetha no era ni tan tranquila como su hermana mayor, ni tan impulsiva como la mediana y en esos momentos estaba demasiado ocupada, intentando no comenzar a rascarse como un perro pulgoso delante de la mujer.

- ¿Me vais a invitar a pasar? – dijo la extraña altivamente.

- Adelante – dijo Ursa obviando la mirada entre asesina y extrañada de Thora.

La mujer pasó y Ursa la invitó a sentarse en el sofá frente a la chimenea, mientras ella hacía lo mismo en la butaca de al lado. Agnetha se sentó frente a ella y Thora se quedó de pie, con los brazos cruzados fuertemente sobre su pecho, apoyada en el marco de la puerta.

- ¿A que debemos la visita? – dijo Ursa.

- Vengo a exigir mis derechos como bruja vikinga – dijo Nanna mirando fijamente a los ojos de Ursa.

- Aquí nadie exige nada – espetó Thora echándose hacia delante amenazadoramente.

- Silencio – ordenó Ursa levantado su mano y cortando un enfrentamiento que no era el momento y lugar de tener – habla.

- Quiero venganza sobre los asesinos de mi hija – dijo la mujer ignorando a Thora – nuestra ley me da ese derecho.

- Siempre que se demuestre – dijo Ursa calmadamente.

- He venido aquí a exigir mis derechos – dijo Nanna levantando la barbilla – no creo estar entendiendo que la líder del aquelarre me los esté negando.

- Nadie te ha negado nada, pero tenemos que tener mucho cuidado con los pasos que damos y, sobre todo, cuando hay muertos de por medio. No queremos ponernos en el punto de mira de la policía – dijo Ursa con tono conciliador.

- Conozco muy bien nuestras leyes y en ellas se especifica que, serán las líderes del aquelarre las que pondrán los medios oportunos para salvaguardarlas y, estas mismas, las que investiguen personalmente dichos delitos procediendo a su aplicación – dijo mirando por turnos a cada una de las tres.

Agnetha miró a su hermana mayor y comprendió en el dilema en el que se encontraba. Estaba en la obligación de acatar la ley, sobre todo cuando una hermana, por muy desconocida que fuera se lo exigía y, por otro lado, estaba el sentimiento de protección hacia sus hermanas de sangre.

- Yo voy – dijo Agnetha espontáneamente.

- ¡No! – dijo Thora.

- ¡SI! – replicó Agnetha.

Agnetha miró a su hermana Thora retándola. Esta la miraba con el ceño fruncido y apretaba los brazos contra su cuerpo como si de esa manera, consiguiera sujetarse a ella misma, para no perder la compostura y comenzar a repartir golpes a diestro y siniestro.

- Iréis las dos junto con la hermana Nanna – dijo Ursa sorprendiéndolas – recopilareis todas las pruebas sobre el caso y redactareis un informe. Todo esto se expondrá en la Cueva de Hielo y la sentencia se someterá a votación entre todas las hermanas. De momento – dijo mirando a Nanna - es lo único que te voy a conceder.

- Me doy por satisfecha – dijo Nanna mientras se levantaba – no os preocupéis por los billetes, yo me encargo.

Cuando la mujer se fue, Agnetha miró a su hermana mayor.

- Si en algún momento os sentís amenazadas, os volvéis sin pensarlo dos veces – ordenó Ursa - una cosa es que tengamos la obligación de hacer cumplir la ley y otra muy distinta que nos pongamos en peligro sin necesidad.

Ursa se levantó y volvió a coger el volumen de las memorias, abriéndolo por la misma página en la que lo había dejado.

***

La música que iba escuchado a través de los auriculares de su Iphone, amortiguaba el sonido rítmico de los golpes de sus deportivas contra el suelo.

Me amas vida mía y después te vas,

Dibujas en mi alma tanta soledad.

La noche nos envuelve cuando me vuelves a amar,

Lo nuestro es un dilema y no quiero escapar.

Amor de hielo y sal,

Amor que viene y va,

Oscura realidad, te amo sin pensar.

Amor de hielo y sal,

Amor que viene y va,

Oscura realidad, te amo sin pensar.

Ese tema de una tal Malú, junto con muchos otros de los que iba escuchado, se lo había pasado Marta, la compañera de su verdadero padre.

La pelirroja le llamaba todos los días para ver cómo estaba y le insistía en que podía contar con ella para lo que quisiera. Aunque agradecía el gesto, eso de tener amigas era algo nuevo para ella y la descolocaba un poco.

A excepción de su madre, no había tenido contacto con nadie de una manera íntima y le hacía sentir rara.

Había estado en el apartamento/taller que compartían Marta y Tom en el edificio de la Quinta Avenida. El edificio albergaba la sede, de la empresa del vampiro que tanto respetaban todos los integrantes de la colonia vampírica de Nueva York. El motivo de ir allí había sido, que la pareja había estado insistiendo en que les visitara durante varios días y, a ella, se le habían acabado las escusas.

Aunque también, en el fondo de su cerebro, tenía la esperanza de encontrarse con Miguel "fortuitamente" por el edificio.

Eso último no había ocurrido, ella era capaz de detectar el sitio exacto donde se encontraba el doctor, la clínica del subsuelo del edificio, pues la sangre de él corría a toda velocidad por sus venas y, ese vínculo, era más efectivo que el más moderno de los GPS del mercado.

Por supuesto, igual que para él.

Miguel tenía que saber perfectamente en qué lugar del edificio se encontraba ella. Seguramente estaría atendiendo a algún paciente y por eso no había subido a buscarla.

Seguramente era eso.

Después de compartir un buen rato con ellos. Hablando de sus vidas en un intento de conocerse mejor, Skule que iba preparada con su ropa deportiva, se despidió dirigiéndose hacia el gran parque de la ciudad.

Llevaba unas cuantas vueltas al circuito, cuando sintió la presencia del joven mestizo junto a ella. Giró la cabeza y dedicándole una retadora mirada y apretó el paso a todo lo que le daban sus músculos, provocándole a que la siguiera. Si podía.

Al poco rato detectó que estaban siendo observados y sabía perfectamente por quien. Su anhelado amante le había seguido hasta allí.

***

Miguel había estado todo el día encerrado en su apartamento dándole vueltas a la cabeza.

¿Por qué razón su residente se estaba viendo con Skule?

¿Sería ese el motivo de que ella le evitara?

Igual en los días que habían coincidido en la clínica, habían comenzado una amistad y el chico había ido a verla solo, para comprobar qué tal se encontraba.

Podía encontrar mil excusas para todo aquello pero, solo con el pensamiento de la posibilidad de que ella estuviera con otro, le faltaba el oxigeno, comenzaba a sudar y le dolía el pecho como si se lo estuvieran presionando con una prensa hidráulica.

Salió de sus pensamientos, en el momento en que sintió la presencia de Skule en el edificio fue a la recepción de la clínica, esperando que la mestiza llamara a la puerta en cualquier momento.

Pero no.

Ella estaba subiendo a pie los más de treinta pisos que separaban, el nivel de la calle con el taller de Tom.

Miguel no se movió de la recepción en las más de dos horas que ella había estado en el domicilio de su padre y, aunque estuvo tentado a subir con cualquier estúpida excusa, en el último momento se echó atrás. Había decidido que la daría espacio y así seria, aunque le costara una enfermedad mental.

Se quedó plantado en la recepción mirando hacia la puerta como una estatua de sal, obviando o, más bien no enterándose de las miradas extrañadas del personal, durante un tiempo indefinido. Incluso, cuando supo que ella se había ido del edificio sin pasar por la clínica, no se movió de su posición.

Solo salió de su estupor, en el momento que su traidor ayudante se escabulló por la puerta hacía su coche casi sin despedirse. Giró su cabeza en dirección a Adrian en un golpe seco, que hizo que sus cervicales crujieran. El joven mestizo no lo debió apreciar, pues siguió su camino como si la cosa no fuera con él.

En otro momento la cosa habría sido rutina, pues era la hora en la que el chico terminaba su turno y el que se fuera de la clínica era lo normal.

No en ese momento.

En cuanto el deportivo de Adrian salió por la rampa del garaje en dirección a la calle, Miguel siguió el rastro de la sangre de su amada. Este le llevó a Central Parck y, por supuesto, allí estaba su pupilo.

Maldito hijo de puta.

***

La noche había transcurrido tranquila.

Solamente había visto en consulta a los pacientes que venían a revisión. Los pacientes ingresados los había visitado Miguel, extrañamente, mientras el pasaba la consulta. Su tutor siempre pasaba la consulta con él y le esperaba para hacer la ruta por las habitaciones. Esta era la primera vez que rompía esa rutina.

La noche había terminado igual que empezó sin ningún contacto entre ellos. Si no fuera por lo estúpido de la idea, Adrian juraría que el doctor vampiro le estaba evitando.

Su turno terminaba a las 6:00, aunque todavía quedaba más de una hora de oscuridad, los vampiros ya no se arriesgaban a andar fuera de sus refugios. Daba igual que los cristales de los coches fueran especiales, el instinto de supervivencia era mayor que la consciencia, que les decía que estaban protegidos gracias a los adelantos tecnológicos con los que contaban en los últimos años la sociedad vampírica.

Aparcó el coche en el aparcamiento privado Central Parking. Iba preparado con la ropa deportiva del día anterior que acababa de sacar de la secadora de la clínica. La mañana anterior, no le había dado tiempo a ir a su casa a cambiarse y se había dirigido directamente a la clínica sin ropa limpia. Estiró un poco los músculos mientras esperaba ver aparecer a Skule.

Llevaba dos minutos con esa tarea, cuando sintió como una brisa le revolvía el pelo, mientras se recogía sus ondas naranjas con la goma que llevaba en la muñeca no pudo evitar sonreír. Comenzó a correr hasta ponerse a la altura de la mestiza que estaba volviendo loco a su jefe.

La mujer era realmente bella, de las que te dejaban con la boca abierta y sin lograr unir las palabras para construir una frase coherente. Totalmente comestible.

Era comprensible que Miguel estuviera locamente enamorado de ella. Aunque la belleza era algo innato en los vampiros, pues esta era una de sus armas para atraer a sus presas naturales, no era lo más importante para que un macho se vinculara con una hembra, esto era algo que te lo daba el destino y cuando eras tan afortunado de encontrar a la pareja de vida que te había sido encomendado ya no volverías a ser capaz de vivir una vida normal sin estar con ella. Por supuesto el no sentía ese tipo de atracción hacía Skule, simplemente le caía bien como persona y le gustaría que llegaran a ser amigos.

Los dos estuvieron corriendo durante una hora antes de parar a la altura del aparcamiento donde había dejado el coche. Todavía era de noche aunque el amanecer comenzaba a iluminar tímidamente el horizonte.

- Deberías darte prisa, queda poco para el amanecer – dijo Skule casualmente.

- No hay problema, el Sol me molesta pero no me mata – dijo el mestizo.

- Hemos tenido suerte, pero hay quien se puede achicharrar en menos de media hora – dijo la mestiza con un tono más alto del que se necesitaba para que él la escuchara.

Adrian empezó a mirar alrededor cuando comenzó a sospechar que no hablaba solo con él. La enorme figura de su jefe salió de entre los árboles con un gesto más animal que humano.

- ¿Nos estás espiando? – preguntó Skule con voz calmada.

- ¿Hay algo que espiar? – contestó Miguel entre dientes.

- ¿Si tú lo crees? – Skule se cruzó de brazos y le

encaró.

- Desde luego es lo que parece – Miguel se fue acercando a ella lentamente, como un felino.

Adrian miraba a los dos como el que está viendo un partido de tenis. Sin poderse creer las sospechas de Miguel.

- ¿Qué coño está insinuando? – Dijo Adrian sin podérselo creer.

- Déjalo Adrian el doctor ya se iba – dijo Skule sin dejar de mirar a los ojos de Miguel.

- Miguel miró hacia el horizonte y no pudo evitar un siseo.

- Vete – ordenó Skule.

Adrian vio como el doctor se obligaba a hacer caso y desaparecía entre las sombras en dirección a la clínica. Ahora comenzaba a entender la aptitud del doctor la noche anterior. Los celos le estaban carcomiendo por dentro.

Aunque de ninguna manera iba a consentir que les tratara así ni a Skule, ni a él. Ahora le dejaría para que se enfriara, no iba a ir a verle durante su día de libranza, pero en cuanto entrara por la puerta de la clínica dentro de veinticuatro horas, le iba a dejar las cosas muy claras.

Capítulo 9

¡¡JODER!!

Michael dio un salto hacia atrás y se puso en guardia antes de darse cuenta de que, el animal salvaje que entraba corriendo por la rampa del garaje, era el casi siempre controlado Dr. López de Mendoza.

Los educados buenos días con los que siempre saludaba a esas horas de la mañana, se habían convertido en un espeluznante siseo, que más parecía el sonido de una cobra que el de un, aparentemente, ser civilizado.

¿De dónde vendría el buen doctor de esa guisa y a esas horas de la mañana?

Un minuto más y hubiera tenido que utilizar con él, el extintor de la rampa del garaje.

Cuando la figura del doctor desapareció en dirección a la clínica, Michael siguió con la ronda de seguridad por todo el edifico. Mejor dejar los problemas de los demás para ellos mismos, él ya tenía que lidiar con los suyos propios.

Aunque se había tomado un ibuprofeno hacia más de media hora empujándolo con un café solo muy, pero que muy cargado, todavía tenía un dolor de cabeza de los que te dejan atontado durante horas. Si seguía a ese ritmo con el whisky y la cerveza, su hígado no le iba a durar ni cinco años más y su cerebro se iba a freír por la falta de sueño. Pero esa era la única manera de compartir algo más de tiempo con Carmen a solas.

Los días de diario a partir de las 12:00 de la noche, el local solía estar desierto, esto le permitía deleitarse observando trajinar de la vampira desde su rincón de la barra, sin miradas indiscretas que le observaran desde cualquier otro punto del local.

Patético no… lo siguiente.

Esa noche solo había dormido dos horas. Se había pasado apoyado en la barra del bar, desde las diez de la noche, hasta las cinco de la mañana. Las dos primeras horas estuvo conversando con Stefan y Sebastián que estaban acompañando a Carmen cuando él llegó, bueno más bien con el primero, porque el peluquero le estuvo ignorando en todo momento, solamente abría la boca para lanzar puyas. Lola también se había pasado por allí un rato, aunque antes de las doce se había ido a su apartamento y no había querido que él la acompañara. No la culpaba, pues después del malentendido con Erika, era normal que no quisiera arriesgarse a que les vieran juntos a altas horas de la madrugada en la puerta de su apartamento.

Todo esto se estaba convirtiendo en una puñetera comedia de enredo.

Carmen había estado muy distante toda la noche, se había dedicado a dejar impoluto cada rincón de la barra y apenas le había dirigido la palabra. A Michael no le extrañaba, debía de estar harta de él. Un borracho que, como un mueble, era parte de la decoración del local. El día que se muriera, si seguía así más pronto que tarde, estaría bien que lo disecaran y lo colocaran en su taburete con un vaso de su whisky favorito en la mano.

¿Habría algún alma caritativa que se lo fuera rellenando cuando el líquido se evaporara?

Salió por la rampa del garaje hacia la puerta, dándose unas cuantas bofetadas mentales por ser tan patético, cuando el escarabajo de Erika entró a toda velocidad por el acceso del aparcamiento. Michael tuvo que pegar el trasero contra la pared para que, la temperamental mujer, no le diera con el espejo retrovisor en cierta parte. La pequeña celosa ni siquiera le miró, pero él juraría haber visto una malvada sonrisa en sus labios al pasar.

Iba a ir a decirle cuatro cosas, cuando se acordó de que le había prometido a su compañera que le daría tiempo para aclararlo ella misma. Está bien, se dijo a sí mismo, de momento lo dejaría pasar, su cabeza no estaba preparada en esos momentos para un ridículo enfrentamiento con los celos de Erika, ya la pillaría más adelante y le dejaría las cosas claras. No iba a permitir sin más, que la cosa se fuera de madre y le metieran en cotilleos de pasillo de instituto.

Continuó su ronda por la acera que daba a la fachada del edificio y se metió en el mismo por la recepción de la peluquería. Saludó a Violeta al entrar, pero la chica le miró con cara de pocos amigos y refunfuñó en voz baja algo que Michael no consiguió entender.

¡Joder con la tontería!

Como siguiera así iba a tener que mandar una circular desmintiendo los falsos rumores.

Michael pasó por el salón a grandes zancadas, obviando las miradas recelosas de los compañeros y se subió al ascensor en dirección a la oficina que compartía con Lola.

Esto se iba a acabar pero ya.

***

Lola estaba en su mesa comprobando, como cada mañana, que todas las cámaras de seguridad funcionaban correctamente, cuando su compañero Michael entró en el despacho como una tromba, haciéndola saltar de su silla y adoptando una postura de defensa.

- O aclaras tu el malentendido o reúno a todo el mundo en la sala de juntas a la hora de comer y lo hago yo – Michael la miraba a los ojos mientras la señalaba con el dedo índice.

- Voy a esperar a Erika a la salida…. – Lola estaba sorprendida por la actitud de Michael.

- Ni un minuto más Lola – Michael se dejó caer en su

silla y comenzó a teclear en el PC con saña.

- ¿Ha pasado algo? – pregunto Lola.

- Joder, perdóname por ser tan brusco, pero es que no quiero que esto vaya a más – Michael se echó para atrás en su silla mientras se pasaba la mano por el pelo poniéndoselo de punta.

- Dime que ha pasado – Lola le miraba con los ojos entrecerrados.

- No es lo que haya pasado Lola, es lo que puede pasar. Todos los compañeros del salón piensan que estamos liados y Erika, en fin, ya sabemos cómo es, pero eso en un momento dado me da igual, lo que no me da igual es que esto trascienda a más personas – Michael dijo la última frase con dolor, como si solo el hecho de que eso ocurriera le retorciera las tripas.

- Entiendo... - dijo Lola mientras le miraba directamente a los ojos.

- No, no creo que lo entiendas – Michael le mantenía la mirada.

- Creo que esto tiene que ver con cierta vampira que te está robando el sueño – dijo ella.

- Tú no sabes nada... - espetó él.

- ¿A no? – Lola bajó la voz – entonces ¿porque te pasas cada noche haciéndola compañía en el Hematology? – preguntó Lola.

- ¿Tú que sabes donde paso cada noche? – preguntó él.

125

- He vivido contigo durante el tiempo suficiente, para saber que te recoges cada día a altas horas de la madrugada y oliendo a alcohol – siguió ella – y no hace falta ser muy inteligente para darse cuenta como miras a Carmen.

- Ese tema es privado – dijo Michael mirando de nuevo a la pantalla de su PC.

- Siempre que no te afecte en el trabajo – dijo ella.

- Llevo trabajando aquí desde hace años y jamás he tenido ninguna queja – volvió a mirarla directamente a los ojos – no vas a venir tu a decirme como lo tengo que hacer.

- Yo no he venido a decirte como tienes que trabajar Michael y estoy encantada de trabajar aquí contigo, para mí es como si me hubiera tocado la lotería pero, por eso mismo, no voy a quedarme callada viendo cómo te destrozas la vida y te ahogas en alcohol, por no tener valor para decirle a Carmen lo que sientes – Lola lo soltó todo de un tirón.

Michael la miró con los ojos como platos y sin decir una palabra se levantó de su silla y salió del despacho.

Lola se quedó mirando la puerta como se cerraba y, aunque no se arrepentía de nada de lo que había dicho, se sintió mal por su compañero. Ella, más que nadie, entendía en el dilema que se encontraba Michael. Estar enamorado de alguien que, se supone, no es la persona que los estereotipos de la sociedad nos han enseñado como correcta es, como mínimo, doloroso. El cerebro se revela a llevar la contraria a los mensajes que nos

126

inculcan desde pequeños, sobre lo que es correcto y lo que no. Pero, también tiene la capacidad de adaptarse a las nuevas situaciones con una facilidad sorprendente y ella, en ese momento, tenía muy claro cuál iba a ser su siguiente paso.

Que se jodieran a los que les pareciera incorrecto.

Erika iba a tener que escucharla ese mismo día, quisiera o no. Solo esperaba que Michael llegara a la misma conclusión pronto, por su propio bien y por el de todos los que le apreciaban.

***

Erika estaba entre la satisfacción y el remordimiento.

Satisfacción por haber dado un buen susto a Michael esa misma mañana. No lo había podido evitar, en ese momento le habría pasado por encima y habría dado marcha atrás para rematarle y, remordimiento, por hacerle eso a un compañero con el que hasta hacia un par de días se llevaba genial y al cual había apreciado y en el fondo... igual... podía ser... aunque muy en el fondo... podía seguir haciéndolo.

Estaba claro que iba a tener que hacer terapia o algo similar, pues si Lola había decidido que prefería a Michael que a ella, no lo iba a llevar nada bien.

Igual el electroshock era el tratamiento más indicado.

Dejó el secador de mano en el soporte, con algo más de fuerza de la necesaria, y comenzó a peinar la melena de la señora que tenia sentada en su tocador, miró al espejo para ver qué tal le estaba quedando y, al ver los gestos de dolor de la mujer, seguramente producidos por los tirones que la debía de estar dando, hizo un esfuerzo por relajarse.

Cuando regresó de la recepción de acompañar a la señora hasta la entrada, su reloj de muñeca marcaba las 15:00.

Comenzó a recoger todas sus cosas del tocador para irse a su apartamento. Ese día no iría a comer a El Pote, no tenía ganas de que todos sus compañeros la miraran con pena y, mucho menos, encontrarse con Lola o con Michael, o lo que aun sería peor, con los dos juntos.

No, eso no iba a ser agradable.

Se cruzó con Marta en la puerta del vestuario, la pelirroja salía corriendo mientras se abrochaba la falda, su nueva amiga tuvo la deferencia de no preguntar, no sabía si por discreción o por que llegaba tarde a su puesto de trabajo, de cualquiera de las maneras Erika se lo agradeció enormemente. Se pasó por la sala de estar y cogió un sándwich de pavo de los que habían sobrado del desayuno y, sin entretenerse en nada más, se fue hacia el ascensor para bajar al garaje.

Ya tenía plan para esa tarde, comería sola en su apartamento y después se hundiría en ese mundo de autocompasión en el que estaba sumida desde hacía unos días.

Se abrieron las puertas del ascensor y Erika se sorprendió al ver a Isidro dentro de él.

- Hey gamberrete ¿Ya te has vuelto a escapar? – Erika se agachó a acariciar al gato.

El inteligente animal se restregó en la chica que le había cuidado y alimentado en numerosas ocasiones cuando era un cachorro y comenzó a olisquear el sándwich que ella llevaba en la mano.

- ¿Quieres un trocito?

Erika pellizcó el sándwich y se lo tendió al gato, este lo cogió con gusto y le obsequio con un ronroneo antes de volver a restregarse a modo de despedida y desaparecer por el pasillo, seguramente en dirección a la sala de estar para ver si conseguía algo más para comer.

Erika después de dejar salir a Isidro por la puerta del ascensor, pulso el -1 en los botones del panel y se quedó mirando su imagen en el espejo del fondo mientras la cabina descendía.

La imagen de ella que proyecto el cristal no le gustó en lo más mínimo. Solo le faltaba el camisón blanco para parecer un fantasma, pensó mientras se restregaba por debajo de los ojos para ver si activaba la circulación, tenía unas ojeras más negras que las de un zombi.

Llegó a su planta y anduvo hasta su coche mirando mientras rebuscaba dentro del enorme bolso, en el que siempre le costaba un triunfo encontrar las llaves.

- Hola – una voz femenina la hizo dar un salto hacia

atrás.

Erika levantó la vista de su bolso, por suerte había localizado las llaves entre la maraña de cosas que llevaba dentro, y abrió la puerta del escarabajo sin contestar a la traidora mujer que le había saludado.

- Erika tenemos que aclarar esto – insistió Lola.

- No tienes que aclararme nada, todo me ha quedado lo suficientemente claro – dijo Erika con voz temblorosa.

- No voy a dejar que te vayas sin hablar conmigo – insistió Lola.

- ¿Me vas a obligar con una de esas llaves tuyas? – dijo Erika movida por la rabia.

- ¿Si es necesario...? – Lola se cruzó de brazos cortándola el paso.

- Aquí hay cámaras, te puedo demandar por acoso – dijo Erika señalando la cámara que las apuntaba.

- Ya me he encargado de esa – contestó Lola sin dejar de mirar a Erika a los ojos.

- Como se entere el jefe – Erika esquivó a Lola y se subió en su coche.

- No te vas a librar de mi - Lola fue lo suficientemente rápida para subirse en el asiento del copiloto antes de que Erika pulsara el cierre automático.

- Sal-de-mi-coche-YA – Erika apretaba el volante con las manos y miraba al frente.

- No-hasta-que-me-ESCUCHES – dijo Lola con la

misma aptitud cabezona que Erika.

- Necesito que me dejéis todos en paz – Erika soltó el volante y miró directamente a Lola – Lo has enten...

- No estoy liada con Michael – La cortó Lola – no lo he estado y no lo voy a estar nunca.

- Erika se quedó en silencio durante más de un minuto procesando la frase, que creía haber escuchado salir de los labios de la otra mujer "no estoy liada con Michael no lo he estado y no lo voy a estar nunca"

En ese tiempo pasó varios estados de ánimo.

El desconcierto.

El alivio.

Y al segundo siguiente, la más pura y absoluta vergüenza.

Erika se tapó la cara y comenzó a llorar a lágrima viva. Las lágrimas cayeron sin control durante más de cinco minutos, en los que Lola estuvo pacientemente acariciándole la espalda para que se calmara.

- Lo siento... soy una idiota... no tenía derecho... - Erika hablaba entre hipos.

Lola cogió con las dos manos la cara de su pequeña peluquera, cerrándole la boca con el más dulce de los besos y dejándola sin palabras.

- Vámonos de aquí – dijo Lola sin más.

La alta mujer salió del coche y, rodeando el vehículo al trote, abrió la puerta del conductor y empujó suavemente a su compañera, que saltó hacia el otro asiento sin protestar.

Erika se dejó llevar sin preguntar nada, después de la tensión de las últimas cuarenta y ocho horas no tenía fuerzas para nada más.

Fue todo el camino mirando por la ventanilla, sumida en sus pensamientos, sin darse demasiada cuenta hacía donde se dirigía Lola.

Erika bajó del limbo en el momento en que notó que el coche maniobraba para aparcar Un conocido edificio de ladrillo rojo estaba frente a ella. Estaban en la calle donde se encontraba el apartamento en el que se estaba alojando Lola.

La mujer se bajó del coche y abrió la puerta de Erika cogiéndola de la mano y llevándola hacia el portal.

Erika se dejó llevar, cuando las dos cruzaron por la puerta del apartamento supo que ese iba a ser uno de los momentos decisivos de su vida. Lo sentía en lo más profundo de sus entrañas.

Capítulo 10

¿Era posible sentirte paralizado, como un muerto y, que a la vez, te doliera cada centímetro cuadrado de tu cuerpo?

Definitivamente si.

Miguel sentía tal dolor, que era imposible poderlo describir con palabras.

Quizás lo mejor sería eso, estar muerto, pero muerto definitivamente, no de la manera en la que se había encontrado durante todos esos años en los que había pasado de ser un frágil humano a convertirse en un, casi inmortal, vampiro.

Muerto de verdad.

¿Qué sentido tenía vivir todos los años que se le presentaban por delante, cuando la mujer a la que amabas te repudiaba, cuando ella prefería a otra persona por encima de ti y no tenía ningún problema en echarte de su lado?

El se había mantenido cuerdo hasta la fecha, con la petulante creencia de que era indispensable para la raza.

Su condición de médico le convertía en uno de los vampiros más necesarios en su comunidad y siempre se había sentido obligado a servir a sus congéneres.

Pero no ahora.

En esos momentos se sentía egoísta y no le importaba una mierda lo que pasara cuando él no estuviera. Ya se apañarían, no hay nadie imprescindible en esta vida y, aunque le costara una enfermedad reconocerlo, Adrian estaba lo suficientemente preparado para llevar la clínica de ahora en adelante.

Maldito fuera.

Lo tenía decidido, ya había estado demasiados años en esta existencia, pero antes de hacer lo que tenía pensado, se iba a despedir de este mundo en la tierra que le vio nacer. Esa tierra en la que el Sol era implacable y además, nadie iría a intentar convencerle de lo contrario. Sus amigos estarían a miles de kilometros de distancia, para cuando les llegara el correo electrónico que pensaba escribirles desde allí, ya no habría tiempo material para hacer nada al respecto.

Abrió su ordenador y comenzó a teclear a toda velocidad, le dio aceptar y cerró la página, en donde acababa de comprar un billete de avión para esa misma noche hacia España.

Comenzaba a preparar su equipaje cuando alguien golpeó la puerta de su apartamento. Miguel dejó lo que estaba haciendo y, después de mirarse en el espejo de la cómoda para ver si estaba aceptable, seguía sin querer dar un susto de muerte a ninguna de las enfermeras. Bueno más o menos. Abrió sin preguntar quién era e, inmediatamente, sintió como se le volvían alargar los colmillos clavándosele en el labio inferior.

Adrian estaba al otro lado del umbral, con los brazos cruzados y una expresión pétrea que jamás había visto en él,

- Lárgate – Miguel cerró la puerta.

- Ni lo sueñe – Adrian puso el pie impidiendo que se cerrara.

- Mira chico, puedo intentar quitarme del medio – Miguel tenia la voz ahogada – pero no me pongas a prueba.

- Perdone la expresión pero ¿está usted gilipollas señor doctor? – soltó Adrian.

- ¿Cómo te atreves? – dijo Miguel que se le estaban poniendo los ojos rojos - ¿desde cuándo quedas con Skule a escondidas?

- Tiene que hablar con ella y aclarar esto – dijo el chico.

- Solo espero que la trates como se merece – le dijo apuntándole con el dedo – o si no volveré de donde sea que terminen nuestras almas, solo para arrancarte el corazón y hacértelo tragar. También espero que te encargues de la clínica pues, en unos días, serás el único doctor que tendrán a mano la comunidad vampírica de Nueva York. Mandaré un documento firmado en las próximas horas a tu correo electrónico y al de Carlos, para que todo sea legal.

- ¿Doctor que es lo que va a hacer...?

Miguel aprovechó que el chico se había quedado boquiabierto con sus palabras, para darle un empujón y cerrar la puerta. Después de unos minutos, dejó de sentir la presencia de Adrian al otro lado. Debía haber decidido dejarlo en paz.

Chico listo.

Terminó de hacer el equipaje y miró su reloj de muñeca. Solo cinco horas más de luz y seria libre.

***

La puerta del apartamento de su jefe se le había quedado a menos de un centímetro de la nariz.

Adrian estuvo cinco minutos sopesando entre, tirarla de una patada o largarse de allí y no montar ninguna escena en el pasillo de la clínica.

¿Qué coño tenía el necio del doctor en la cabeza?

¿Sería verdad lo que le había parecido entender?

Si era así definitivamente estaba gilipollas. Pero las consecuencias de su gilipollez las iban a pagar demasiadas personas y él no se iba a quedar pasivo, esperando a que Miguel hiciera lo que creía que pretendía.

Adrian había escuchado historias de vampiros desesperados por no encontrar a su pareja de vida, que decidían dejar de existir y se entregaban al Sol. Pero, si después de encontrarla, creías que esa misma pareja no te correspondía... La esperanza con la que vivías cuando aun no la conocías y esperabas que ella apareciera se esfumaba y ya no tenias nada por lo que intentar tirar hacia delante.

Eso debía de ser muy duro.

Se fue hacia el vestuario y sacó su teléfono para llamar a Skule. La mestiza le había proporcionado su número esa misma mañana por si necesitaba avisarla de algo.

Adrian se había dando cuenta del gesto de dolor en el rostro de la mujer, en cuanto el doctor había desaparecido de la escena del parque. Se había ofrecido a acompañarla hasta su hotel, pero ella se excusó diciendo que necesitaba dar un paseo a solas y Adrian lo entendió perfectamente. Estaba claro que Skule estaba igual de enamorada de Miguel que él de ella y, aunque le estaba dando una lección al buen doctor, lo estaba pasándo igual de mal que él.

Estaba bastante claro que el tema se les estaba escapando de las manos. Aunque sabía que no debería de meterse en ese charco, alguien tenía que hacer algo y, además, él ya había sido metido sin quererlo.

Plantó el culo en el banco de madera, mientras se pasaba las manos por el pelo nerviosamente. Se colocó el teléfono en el oído y rogó porque la mujer le contestara al otro lado de la línea.

Si todo esto se desmadraba iba a haber mucha gente afectada, directa e indirectamente.

**

Skule escapó de un terrorífico sueño gracias al tono de su móvil.

Extendió su largo brazo, dando manotazos de ciego, para coger el dispositivo que estaba sobre su mesilla, tirando la lamparita en el proceso y se lo colocó en el oído sin mirar quien era el que llamaba.

- Dígame – dijo con voz de dormida.

- Hola soy Adrian – contestó el pelirrojo al otro lado de la línea.

- ¿Quién? – Skule todavía no sabía donde andaba.

- Tú compañero de entrenamiento – dijo la voz.

Skule tardó unos segundos en reaccionar y que su cerebro se recolocara en el espacio y en el tiempo en el que se encontraba.

- Perdona estaba dormida – se disculpó la rubia.

- Lo siento – dijo él un poco avergonzado – no te habría molestado a estas horas si no fuera algo importante.

- ¿Qué le ha pasado? – el tono de dormida dio paso a otro más parecido al de pánico.

- Creo que va a hacer alguna locura – dijo el pelirrojo sin atreverse a decir la palabra suicidio en voz alta.

- ¿Qué clase de locura? – dijo ella sentándose en la cama.

- No estoy seguro, pero creo que ha perdido la esperanza y...

- Está bien, iré a hablar con él cuando el Sol esté más bajo – dijo ella y colgó.

Se volvió a recostar en la cama y se durmió inmediatamente, reenganchándose de nuevo al mal sueño que había dejado, como si la cosa se tratase de una película la cual había tenido su intermedio y ella, después de ir al baño a orinar, se hubiera vuelto a sentar en su sofá para ver como terminaba la historia. La conversación telefónica se quedó en una parte de su cerebro en la que se almacenaba lo irreal.

¿Todo aquello había sido de verdad o parte de su pesadilla?

Como su cerebro no se recompusiera pronto iba a terminar internada en un manicomio.

¿Tendrían botellines de 0+ en esos sitios?

El grito que salió de su garganta volvió a hacer las veces de despertador. Si seguía con esa rutina, podía perfectamente prescindir de programar la alarma en su móvil, pues nunca le daba tiempo a que sonara.

Se estiró en la cama para desentumecer sus músculos y sintió su teléfono móvil sobre las sabanas con la mano derecha.

¿Por qué estaba allí? ¿Recordaba haberlo dejado la noche anterior en la mesilla?

De repente fue consciente de la llamada telefónica que había tenido en sus sueños. Adrian le había llamado bastante preocupado...

Joder.

Se fue como una flecha a la ducha y, en menos de cinco minutos, estaba vestida y armada comprobando su arma antes de metérsela en la funda que llevaba escondida bajo su abrigo.

Llegó a la clínica en un tiempo record, pero las enfermeras le informaron que el doctor había salido hacia el aeropuerto, supuestamente, hacia una convención de medicina en Europa.

¿Así de repente?

Ya.

Adrian apareció por el pasillo vestido con una bata blanca sobre unos modernos vaqueros que le caían por las caderas de una manera que Skule no pudo obviar y una camiseta ceñida que hizo ruborizarse al personal de detrás del mostrador, aunque para ella nada comparado a el recuerdo que tenía de Miguel cuando ella había estado cabalgándolo.

Madre mía, o borraba ese recuerdo de su mente o se iba a ruborizar igual que el grupo de enfermeras.

Cuando la vio, le hizo un gesto y los dos se metieron en un box para poder hablar, sin oídos indiscretos a su alrededor.

- Hola has venido – dijo el doctor residente.

- Si – dijo ella.

- Pensé que no lo harías – dijo casi para sí mismo.

- Yo... no fui consciente... - Skule no sabía muy bien cómo explicar lo que había pasado - ¿Dónde está? – dijo cambiando de tema, no quería que la tacharan de enferma mental, aunque empezara a tener los síntomas.

- Se fue hacia el aeropuerto hace media hora – dijo Adrian – estaba a punto de ir a hablar con Carlos...

- ¡NO! – dijo ella – no quiero que esto salga de aquí – déjame hablar con él, a ver si le puedo hacer entrar en razón antes de que se entere todo el mundo.

- Está bien, pero voy contigo – Adrian comenzó a quitarse la bata – si la cosa se pone fea informare a Carlos inmediatamente.

Salieron por la recepción, el doctor se detuvo para informar a la enfermera jefe de que tenía que salir a un asunto importante y le dio instrucciones para que le avisara inmediatamente en caso de urgencia. La chica iba a sufrir un colapso como siguiera poniéndose roja. Debía tener el noventa por ciento de la sangre de su cuerpo en sus mejillas.

Cuando Adrian salió por la puerta de la clínica, con su cazadora de piel negra en una mano y la llave de su coche en otra, Skule ya estaba esperando con la mano en el tirador de la puerta del BMW a que el chico desbloqueara el cierre automático para entrar.

Los dos se sentaron rápidamente y salieron disparados hacia el aeropuerto, rogando a quien les quisiera escuchar para que el avión del buen doctor no fuera uno de los pocos vuelos que salían puntuales hacia su destino.

***

Agnetha llevaba la nariz pegada a la ventanilla del avión como una niña de cinco años en el escaparate de una pastelería.

Era la primera vez que salía de su país y el lugar de destino era, nada más y nada menos, que la gran ciudad de Nueva York.

IM-PRE-SIO-NAN-TE

Su hermana Thora la iba a dejar el brazo lleno de moratones con la cantidad de pellizcos que le había dado desde que habían salido del aeropuerto de Oslo-Gardermoen. El viaje en tren hasta allí había sido más tolerable para Thora, pero el avión...

La dura mujer tenía un problema con las turbulencias.

La nave comenzó a sobrevolar la ciudad e, inmediatamente, la voz de una de las auxiliares de vuelo les invitó a colocarse los cinturones. Thora se lo puso en dos segundos y comenzó a abrochárselo a Agnetha. Las dos hermanas habían viajado solas en la clase turista del avión que las había llevado a Nueva York, la bruja llamada Nanna había tenido que viajar sola pues, según ella, solo había un billete libre en primera clase y no le parecía bien separarlas, así que la pobrecita, se había tenido que quedar solita en su súper cómodo sillón de la zona vip.

Toda una mártir ella.

Menos mal que su hotel lo habían contratado ellas, porque la tacaña mujer sería capaz de meterlas en el cuchitril más barato del barrio más cutre de la ciudad, mientras ella se alojaba en una lujosa suite.

La aeronave aterrizó sin problemas, pero a Thora eso no la tranquilizó en lo más mínimo, cogiendo el brazo de Agnetha tiró de ella y a punto estuvo de tener una discusión con otros viajeros, por atropellarlos por el pasillo en su afán de salir del avión y pisar tierra firme.

Agnetha estuvo a punto de pegarla un grito pero al final decidió dejarlo estar. No era el momento de historias pues, solo faltaba, que la detuvieran en el aeropuerto.

Después de recoger las maletas estuvieron esperando a Nanna a que apareciera por la zona vip y pasaron las tres juntas y sin problemas por los controles de seguridad del aeropuerto.

Iban andando por los pasillos del aeropuerto tirando de sus maletas, mientras la gente se volvía a mirarlas. Ella no se consideraba ninguna cosa del otro mundo, pues en su pueblo y, sobre todo entre las de su especie, eran todas muy parecidas, con lo cual no destacaban sus rasgos nórdicos. Pero aquí, en Nueva York estaba claro que sí.

Tres bellezas nórdicas con la melena rubia platino hasta las caderas, no era algo que se pudiera disimular fácilmente y, si a eso le sumabas que dos de ellas iban con la túnica blanca, pues eran como si las hubieran pintado con un rotulador fluorescente. Agnetha, aunque iba vestida mucho más informal con sus pantalones vaqueros, un suéter y sus inseparables botas de tacón alto para disimular lo que, aparte de otras cosas había heredado de su abuela. Ella era realmente bajita para ser nórdica, sólo media 1,55 y esto era algo que le molestaba tanto o más, que sus ataques de urticaria.

Siguieron andando por los largos pasillos, haciendo caso omiso a las miradas curiosas y a algún que otro flash, seguramente alguien pensó que podían ser modelos o actrices famosas y querían presumir con sus amigos. Por supuesto a Thora le estaba haciendo la misma gracia que el vuelo en avión.

Ninguna.

Agnetha siguió andando, abrumada por todo el despliegue de productos expuestos en impresionantes escaparates, de gente, de luces… cuando su hermana la sujetó del brazo y le hizo una seña con la cabeza, en dirección a la desconocida bruja.

Nanna se había quedado atrás y miraba hacia todos lados con movimientos nerviosos, mientras hacía gestos como si olisqueara el ambiente, de repente clavó los ojos en un punto fijo y Agnetha descubrió que, la blanca piel nórdica de la bruja, aún podía bajar un par de tonos más.

***

Adrian aparcó el coche en la primera plaza que encontraron libre en el inmenso aparcamiento del aeropuerto y tuvo que apretar el paso para alcanzar a Skule. La rubia había salido disparada del vehículo antes de que el terminara de maniobrar.

- Vamos a los paneles informativos – dijo él cuando la alcanzó.

- No será necesario, se exactamente donde está – dijo ella.

Vaaaaale.

No había caído en ese detalle.

Skule siguió dirigiendo la marcha, mientras Adrian la seguía dos pasos por detrás. La mujer iba esquivando a las personas con las que se cruzaba con tal elegancia, que la mayoría no era consciente de la presencia de la alta mujer, hasta que la tenían a un par de metros por delante y veían una impresionante melena rubia avanzar a toda velocidad, la mayoría se quedaban embobados mirándola.

Avanzaban en dirección a donde ella detectaba a Miguel cuando, de repente, la rubia mestiza se paró en seco delante de él. Adrian no pudo evitar chocarse contra ella, sorprendiéndose con la fuerza con la que ella sujetó el golpe, con sus largas piernas fuertemente plantada en el suelo y los puños cerrados a la altura de las caderas, no sé movió ni un milímetro.

- Lo siento – dijo él.

La mujer debía de haberse convertido en una estatua de sal pues, además de no contestarle, no parpadeaba. En ese momento él dudaba hasta si respiraba.

- ¿Skule? – dijo Adrian - ¿Qué pasa?

La mujer seguía fija en un punto. Adrian oteo hacia donde ella centraba su atención y vio a tres mujeres paradas con sus maletas que miraban hacia donde estaban ellos. Dos de ellas iban vestidas con dos vestidos blancos iguales, tipo túnica que les llegaban hasta los tobillos, la más alta miraba hacia todos lados y sujetaba protectoramente a otra mujer más pequeña, esta vestida con ropa más normal y que miraba hacia la tercera mujer mientras se rascaba los brazos con saña, la tercera mujer miraba fijamente a Skule con un gesto en la cara como si acabara de ver un fantasma, todas ellas tenían un ligero parecido pero, la última le recordaba a otra persona. En seguida cayó en quien podía ser y sacó su móvil del bolsillo para mandar un mensaje al grupo que se había creado hacia unos meses para la última crisis que habían tenido.

"Estoy con Skule en el aeropuerto. Nos hemos encontrado con la asesina. Necesito ayuda"

***

Skule no era capaz de reaccionar.

¿Esa de ahí era su madre? o ¿simplemente ya había saltado la fina línea que la separaba de la locura y comenzaba a ver visiones?

Cuando por fin pudo mover los músculos de su cuello, giró la cabeza para mirar hacia Adrian buscando una respuesta.

El chico estaba tecleando a toda velocidad en su teléfono móvil con la cara tan roja como un tomate. Skule enfocó sus ojos hacia la pantalla del enorme Smartphone del pelirrojo y leyó lo que estaba escribiendo.

Confirmado.

Su madre estaba a unos diez metros de distancia, acompañada de otras dos mujeres que posiblemente venían a ayudarla en su venganza.

¿Serían estas las brujas, con las que se había estado comunicándo secretamente durante los últimos años?

Skule sabía que Nanna estaba preparando una especie de huida desde hacía varios años, pues en algunas ocasiones no había conseguido cerrar su cerebro y algunos de los pensamientos de ella se habían colado en su cortex sin que lo pudiera evitar,   pero no le había prestado demasiada atención, pues tenía sus propios planes y no quería que las ideas de su madre la desviaran de su destino. Skule en aquellos momentos estaba convencida de que su madre entendería, por las buenas o por las malas, que no quisiera seguir su camino.

Que ilusa había sido.

Decían que el hombre era el único animal que tropezaba tres veces con la misma piedra.

Mentira.

También lo hacia el vampiro.

Comenzó a caminar hacia la mujer que le había traído al mundo con pasos lentos, no se podía creer que ella hubiera estado allí y ni siquiera, aunque solo fuera por probar, hubiera hecho una llamada de teléfono.

Llegó a su altura sintiendo un fuerte escalofrío, recorriendo cada centímetro de su columna vertebral, al ver la fría mirada de su madre. Nanna no movía ni un musculo y estuvo por jurar, que los ojos de la fría mujer, se estaban poniendo más brillantes de lo normal.

Igual resultaba que al final su madre iba a tener sentimientos.

Skule se acercó más a ella, dudosa, pues aunque intentó leer la mente de Nanna, sólo se encontró con un gran muro que bloqueaba todos y cada uno sus pensamientos. Pero, esas lágrimas que se le estaban formando en los ojos a su madre, la enternecieron y corría el peligro de que se le contagiaran.

- Mamá… - los labios de Skule se movieron temblorosos.

¡PLASH!

Ahí estaba el tercer tropezón con la maldita piedra.

La palma de la mano de su madre se estampó en su cara, con toda la fuerza de que era capaz la mujer. El dolor físico no fue nada, comparado con el que siguió en lo más profundo de su ser al escuchar las palabras de la que le había parido.

- Jamás vuelvas a pronunciar esa palabra para referirte a mí – espetó Nanna.

- Pero… - Skule no pudo contener las lágrimas.

- Hueles a ellos – dijo – hueles a él.

- ¿A él? – Skule no sabía a que él se refería.

- A Tom, maldita seas.

- Mam… Nanna, con respecto a Tom – Skule intentó razonar – creo que si le conocieras mejor…

- ¡¡MALDITA SEAS!! – Chilló la bruja.

Skule casi no vio de dónde sacó su madre el cuchillo de hueso. Todo sucedió muy deprisa y a la vez era como si fuera en cámara lenta. Ella, una guerrera entrenada durante para afrontar cualquier situación, en ese momento no reaccionó, estaba totalmente y completamente congelada. Supo a ciencia cierta que el arma iba a perforar su abdomen y que iba a morir allí, a manos de su madre, la mujer que hasta hacia unos días había sido todo para ella, en medio del pasillo de un aeropuerto, con su pareja huyendo a Dios sabía dónde, a hacer, Dios sabia que.

De repente Skule fue consciente de que si ella moría Miguel también, pues ella era la única que podía pararle y hacerle desistir de su loca idea. Él era un vampiro vinculado y jamás podría vivir sin su compañera. Además le estaba demostrando claramente de que pasta estaba hecho, quitándose elegantemente del medio cuando pensaba que ella había elegido a otro. Cualquier otro macho moriría matando.

Oh joder. Como podía haber estado tan ciega.

Skule reaccionó cuando el cuchillo estaba a punto de atravesar su piel, echándose hacia atrás. Todo pasó tan rápido, que no fue consciente hasta que era demasiado tarde que, una de las brujas que acompañaban a su madre, las cuales no se habían pronunciado en ningún momento de la conversación, se abalanzó sobre Nanna intentando parar el cuchillo sujetándola por la muñeca, salvándole a ella la vida sin ninguna duda.

Acosta de la suya.

El cuchillo se hundió en el abdomen de la pequeña mujer hasta la empuñadura.

La bruja más alta intentó sujetar a Nanna, pero tuvo que soltarla, dando un salto hacia atrás como si hubiera tocado un cable de alta tensión y cayó de culo contra el suelo. Sin duda su madre estaba utilizando todas las armas a su alcance.

Adrian se había quedado totalmente bloqueado mirando a la pequeña bruja, la única que iba vestida con ropa de calle y que estaba tumbada en el suelo sujetándose en abdomen.

Skule no se podía creer el drama que se había desatado en el suelo del vestíbulo del aeropuerto.

La más alta gritaba a la otra, que estaba tendida en el suelo inmóvil, mientras le sujetaba la cara con las manos para obligarla a que le mirara. Adrian intentaba separarla para poder atender a la pequeña sin conseguirlo.

Skule escaneó su alrededor.

Estaban rodeados de una muchedumbre de curiosos. Ella utilizó sus poderes masivamente, implantando en los cerebros de los humanos que se acumulaban a su alrededor, la orden de que siguieran su camino como si nada hubiese pasado.

De Nanna ni rastro.

Adrian se había quitado la cazadora de piel y había cubierto a la menuda mujer tapando la zona herida, mientras iba a toda velocidad hacia el aparcamiento con ella en los brazos. La compañera, que por fin había dejado que el doctor las ayudara, tenía la mano metida dentro de la cazadora y la mantenía sobre la herida de la pequeña mujer.

Skule se posicionó detrás de ellos mandando órdenes mentales masivas, el charco de sangre lo estaba fregando una señora de la limpieza con la vista perdida, el personal de seguridad miraba hacia otro lado y los demás viajeros se dispersaron por los pasillos sin ni siquiera echar un vistazo sobre ellos.

Cuando por fin consiguieron llegar al aparcamiento, Adrian sentó a la mujer herida en el asiento del copiloto echando el respaldo hacia atrás, para que fuera lo más cómoda posible.

-    Mi hermana no va a ningún sitio sin mí – dijo la otra mujer.

Vale eran hermanas. Aunque Skule sabia por su madre que todas las brujas del mismo aquelarre se llamaban hermanas entre ellas.

-    El coche es biplaza y estamos perdiendo el tiempo – le dijo Adrian sin un ápice de paciencia – soy médico y ella necesita un quirófano ya.

Skule le cogió de la mano para intentar razonar con ella, e inmediatamente sintió una fuerte conexión.

La otra mitad de su herencia, esa que casi nunca se dejaba ver, bulló en sus venas haciéndole que le picara la piel.

-    No me toques – dijo la mujer retirando la mano.

-    Tu hermana necesita atención urgente – dijo Skule.

-    No me fió de ninguno de vosotros, dejarla aquí, yo

la llevaré a un hospital.

La mujer estaba adoptando una posición de ataque. Skule no tenía ninguna intención de luchar con ella y, aunque estaba totalmente segura de que no sería rival para ella, no tenía fuerzas para embarcarse en una pelea con una persona que, aparentemente, lo único que intentaba era proteger a su hermana. Además no tenía paciencia para discutir con ella y, desde luego, no iba a consentir que una inocente muriera por su culpa.

Lanzó un golpe mental lo suficientemente fuerte a la histérica mujer, para desconectarla por completo de la consciencia en menos de un segundo, tuvo que cogerla al vuelo para que no se diera un golpetazo contra el suelo como un muñeco de trapo, mientras Adrian salía disparado hacia la clínica sin esperar a nadie. Después de acomodarla en un rincón oscuro del aparcamiento, con la espalda apoyada contra la pared, marcó el teléfono de Tom.

El rubio vampiro contestó al momento con la voz jadeante del que va corriendo a toda velocidad.

-¡¡¿DONDE ESTAS?!!

Capítulo 11

El Cayenne iba lleno hasta la bandera.

Detrás del volante iba Michael, a su lado Lola, detrás iban Carlos, Tom que iba a saltar por la ventana de un momento a otro, Carmen y Stefan y por suerte los dos hermanos rusos Borya y Desya que se encontraban en la ciudad visitando a su compatriota.

Los mellizos eran amigos íntimos de Stefan y fueron los que le ayudaron a quemar las instalaciones de La Sociedad en Europa. Aunque normalmente vivían en Rusia, de vez en cuando hacían visitas a Stefan y se quedaban largas temporadas en Nueva York. En este caso iban a ser de gran ayuda, pues los hermanos eran unos de los vampiros más poderosos físicamente que él hubiera conocido. Habían sido grandes guerreros desde antes de su conversión y eso, al convertirse en vampiros, se había multiplicado por mil.

Llegaron al aeropuerto y Michael frenó en seco en la puerta principal, haciendo chirriar las ruedas mientras dejaba las marcas de los neumáticos en el pavimento. Todos bajaron del coche mientras Michael se dirigía al aparcamiento.

Giraba derrapando hacia la entrada de la primera rampa, cuando tuvo que volver a poner a prueba los frenos del Porche, para dejar pasar a un BMW biplaza que salía a toda velocidad.

Michael se quedó mirando al conocido coche y a su conductor, mientras fruncía el ceño.

¿Llevaba a una mujer tumbada en el asiento del acompañante?

Su hilo de pensamiento se cortó en el momento en que el tono del bluetooth del coche comenzó a atronar.

- Descolgar – dijo Michael.

- Ves hacia la segunda planta del aparcamiento, plaza 218 – la voz de Tom sonaba entrecortada.

- Dos minutos – Michael se dirigió a toda velocidad hacia allí.

Los focos iluminaron al fondo del pasillo la silueta de Skule, esta estaba en cuclillas tomando el pulso a otra mujer rubia, que estaba sentada en el suelo.

Parecía que las rubias se multiplicaban últimamente. Todas ellas bellezas nórdicas que dejaban con la boca abierta a todos los hombres con los que se cruzaban.

No le llegaban a su morena ni a la suela del zapato.

Llegó a la altura de las mujeres y apagó el motor y las luces del coche.

- ¿Qué ha pasado? – dijo Michael agachándose junto

a Skule.

- Nanna nos atacó... - murmuró ella.

Sonó un fuerte golpe por el acceso peatonal y Michael se giró apuntando con su arma en la mano, dispuesto a freír a cualquier amenaza que apareciera por esa puerta.

Tom apareció por ella seguido por Carlos y cuando llegó a la altura de su hija se paró en seco mirándola directamente a los ojos. Esos dos compartían un par de truquillos con sus mentes que Michael, aunque llevaba años conviviendo con vampiros, había cosas que aun le constaba reconocer como verdad y no pensar que era ideas de algún guionista de cine o de algún loco escritor de literatura fantástica.

Michael bajó el arma y se dio la vuelta para examinar a la mujer que había en el suelo.

- ¿Quién es ella? – Carlos se acuclilló junto a él.

- No lo sé – Michael miró a Skule – estaba aquí con ella y además creo que hay otra con Adrian.

- La llevaremos a donde Miguel y cuando se recupere la interrogaremos – Carlos cogió a la mujer en brazos sin ningún esfuerzo y la metió en el coche.

Michael vio un gesto extraño en la cara de Tom y Skule pero ninguno de los dos hizo ningún comentario. Los dos se fueron corriendo hacia el vestíbulo del aeropuerto sin decir una palabra a nadie.

Aquí se estaban guardando información y eso, a un antiguo detective, le hacía ponerse nervioso.

Se subió al coche, mientras Carlos se subía junto a él en el asiento del copiloto y avisaba a Lola, Carmen, Stefan y a los mellizos, que en ese momento buscaban a Nanna por todo el aeropuerto, para avisarles que se iban a la clínica de Miguel.

Aunque ellos les habían dicho que volverían por sus propios medios, Michael volvería a recogerlos más tarde, no se iba a quedar sentado en un sillón de la sala de espera de la clínica, sabiendo que Carmen estaba en el aeropuerto buscando a la maldita bruja.

***

Se habían dividido por grupos, Stefan y los mellizos estaban recorriendo todos los mostradores de las agencias de viajes, por si la bruja estaba intentando conseguir un billete para huir.

A ella le había tocado hacer pareja con Lola y estaban recorriendo todos los aseos de las instalaciones por si ella estaba escondida. Después de pasar más de dos horas recorriendo por dos veces cada una de las instalaciones sanitarias que encontraron, ya no sabían qué hacer. Carmen se puso las manos en jarra en la cintura y miró a su acompañante esperando que ha ella se le ocurriera algo.

- Se la ha tragado la tierra – dijo Lola.

- Eso parece – contestó Carmen.

- Lola ignoró el tono algo borde que la andaluza había utilizado para contestarla.

157

- Llamaré a Michael – Lola cogió su móvil.

- Estáis muy unidos últimamente – dijo Carmen con el mismo frio tono.

- Somos compañeros – Lola clavó su mirada en la de la vampira.

- Si. Eso he oído comentar…

- Lola iba a contestar para sacar de su error a Carmen, cuando el trío compuesto por Stefan y los mellizos llegó a su altura cortando la conversación entre ellas.

- Ni rastro de ella – dijo Stefan – que hacemos ahora.

Todos se miraron con ojos interrogantes esperando que alguno de ellos se le ocurriera una genial idea, con la cual supieran el paso a seguir. Pero al parecer, todos estaban igual de perdidos, atascados en el punto muerto donde se encontraban en ese momento.

***

Tom corría junto a su hija por los pasillos del aeropuerto a una velocidad, más o menos humana, en dirección a la zona en donde los pasajeros del siguiente vuelo a España estaban embarcando en esos momentos. La mente de Skule le había revelado el motivo por el cual Adrian y ella habían ido al aeropuerto hacia unas horas y, por motivos que solo el destino sabía, se había desatado todo el drama en el que estaban metidos en ese momento.

Tom no se podía creer que Miguel fuera tan estúpido como para tomar esa decisión tan drástica. Siempre había tenido al doctor como uno de los miembros más inteligentes y racionales de la raza y no como un celoso vampiro que se dejaba dominar por sus instintos, antes que por su cerebro.

Se le acababa de caer el mito.

Aunque la verdad era que ¿Quién era él para dar lecciones a nadie?

Hasta hacía muy poco, se había estado comportando como un verdadero estúpido con su pareja y le había costado un triunfo ver las cosas con la claridad en que las veía en esos momentos. Si había de ser sincero, en cuestión de parejas y reacciones estúpidas, él había sido el que se había llevado la palma. Entendía a su amigo perfectamente. Aunque, dicho esto, intentaría sacarle de su estupidez, aunque fuera a golpes.

Por fin llegaron a los torniquetes de acceso a la zona de embarque, la trabajadora de la aerolínea estaba cerrando la puerta. Los dos frenaron en seco y se quedaron mirando a la uniformada mujer.

- ¿Van a embarcar ustedes en este vuelo? – dijo ella educadamente.

- No exactamente – dijo Tom – necesitamos hablar con uno de los pasajeros.

- Lo siento mucho, pero eso es imposible – dijo amablemente la mujer – nadie que no vaya a viajar en este vuelo puede traspasar de este punto.

Los dos se miraron y salieron corriendo hacia uno de los mostradores donde se vendían los billetes para ese vuelo. Se plantaron delante de una mesa, en un derrape conjunto que le hizo perder el color de la cara al hombre que había sentado al otro lado.

- Dos billetes para el vuelo hacia España que está a punto de salir – grito Tom.

- Imposible – contesto el hombre cuando consiguió que le volviera la sangre a la cara – acabo de vender el ultimo a una mujer hace unos minutos y el vuelo esta completo.

- Cuando sale el siguiente – dijo Skule.

- El hombre la miró ensimismado y comenzó a consultar el ordenador.

- El siguiente vuelo hacia España sale hoy a las 19:00 – dijo dirigiéndose hacia Skule con cara de tonto.

- Son la una de la madrugada, eso es mucho tiempo – dijo Skule.

- Deme dos billetes por favor – Tom tendió su tarjeta de crédito al empleado de la compañía.

Los dos salieron de la oficina de Iberia y se dirigieron hacia donde sentían que se encontraban sus compañeros. Tenían más de dieciocho horas de espera hasta que fuera la hora de embarcar.

***

Se sentó en su lugar y respiró hondo.

Miguel miró hacia una pequeña mujer que se sentaba tres filas delante de él, enfundada en un chándal con la capucha subida y frunció el ceño. Sus instintos le estaban jugando malas pasadas durante todo el día. Había creído sentir a Skule más de una vez desde que había llegado al aeropuerto. Pero se había jurado que no iba a rastrear su sangre por mucho que lo necesitara, ella no era suya y eso estaba fuera de lugar. Hubo un momento en que se montó un pequeño revuelo al final del largo pasillo de facturación y él estuvo a punto de acercarse para ver lo que pasaba, su responsabilidad profesional le había hecho siempre acudir a cualquier lugar en el que se podría requerir su ayuda sin pensar en nada más.

Hasta ahora.

De repente sintió de nuevo en sus averiadas fosas nasales, el olor a ella y esto le recordó el motivo por el cual había ido allí y siguió su camino sin hacer caso a nada más. Seguro que no era el único médico en el aeropuerto.

Madre mía, se estaba volviendo loco.

Se abrochó el cinturón y cerró los ojos haciendo caso omiso a las indicaciones de las auxiliares de vuelo, que se afanaban en informar a los pasajeros de las medidas de seguridad. Su mente se recreaba en la última noche que había pasado con su amada y en la imagen de esta sobre él, cabalgándole, mientras le hacía pasar el mejor momento de su larga vida. , tan hermosa y salvaje que le costaba hacerse a la idea de que había sido real.

Sin duda esa iba a ser la imagen que se llevaría con él cuando el Sol le bañara por completo poniendo punto y final a su vida.

El vuelo llegó a Madrid puntual a las 6:00 de la mañana. Miguel miró por la ventanilla del avión y suspiro al ver que la oscuridad todavía cubría todo, ayudada por las tupidas nubes que cubrían ese día la capital de España. Gracias a que el mes de noviembre en Madrid era de noches largas y días cortos, pues un mes antes seguramente que a esas horas, el Sol estaría ya iluminando parte de las pistas del aeropuerto de Barajas.

Se levantó para alcanzar la cartera de piel en la que llevaba su documentación y que había guardado durante el viaje en los compartimentos de encima de los asientos y se dirigió por el pasillo de la nave en dirección a la salida. Cuando avanzaba, vio a la pequeña mujer que le había llamado la atención al principio del viaje, estirándose para hacer la misma maniobra que él sin conseguirlo. Alargó su brazo y cogió la mochila de la mujer tendiéndosela sin ningún esfuerzo. Ella cogió la mochila rápidamente, agachó su cara en un intento de esconderla y se fue a toda velocidad hacia la salida.

Miguel se quedó petrificado por unos segundos, esa mujer olía muy parecido a Skule.

Definitivamente tenía los instintos atrofiados.

Salió hacia el aeropuerto y después de recoger su maleta, buscó un lugar alejado de cualquier ventanal en el que pasar todas las horas de Sol. Descubrió unos bancos situados en el pasillo de los baños en los cuales no llegaba nada de la claridad de día y se sentó en ellos con la idea de pasar allí unas cuantas horas, demasiadas, antes de poder alquilar un choche y dirigirse a su ciudad natal. Toledo.

En ese momento no pudo hacer otra cosa que sentirse prisionero de su propia naturaleza y se odió por ello más que en cualquier otro momento de toda su vida.

Abrió su maletín para sacar su portátil y un botellín opaco de 0+, se entretendría redactando los documentos con sus últimas voluntades durante esas horas y se los enviaría a Carlos antes de salir de allí.

La puerta del baño se abrió y una mujer con una larga melena rubio platino, salió vestida con una fina túnica blanca y una mochila en la mano que reconoció inmediatamente. Miguel se quedó paralizado con el botellín a medio camino hacia su boca.

***

Viva.

Su traidora hija estaba viva y se había refugiado en la guarida de todos esos chupasangres que les habían destrozado la vida.

Ella, preferiría cien mil veces, que Skule hubiera muerto a que se encontrara en la situación actual. En un arrebato de ira había intentado terminar el trabajo que la bruja pelirroja no había conseguido y había atacado a la que había sido su hija. Pero la pequeña bruja estúpida se había entrometido y le había herido de muerte sin querer. Ahora ya no podría contar con la ayuda de las insulsas brujas de su pueblo natal, con la que contaba hasta esos momentos.

Sus instintos homicidas estaban al cien por cien.

Se había escondido en la primera tienda de ropa que había encontrado, comprándose un horrible conjunto deportivo y, con la capucha calada hasta las cejas, había comprado el único billete del primer vuelo que salía hacia cualquier lugar. La suerte había querido que este fuera hacia España. Se escondería en un piso con el que contaba en la capital y decidiría su siguiente paso.

El vuelo había sido largo e incomodo pues detectaba la presencia de un vampiro entre el pasaje. Sabía que estaba ahí, pero no podía detectar quien de los numerosos pasajeros que llenaban el avión era él. El olor de su hija estaba tan impregnado en sus fosas nasales y en su cerebro después del encuentro en el aeropuerto, que no podía distinguir con claridad si el vampiro que viajaba hacia el mismo lugar que ella había estado en contacto con Skule o no.

Cuando el vuelo terminó, ella intentó por todos los medios salir de allí lo más rápidamente posible, se estiró para coger su único equipaje del compartimento sobre su asiento, pero su baja estatura le impidió ser lo suficientemente rápida y una enorme mano apareció por detrás y le acercó su mochila. El olor del vampiro junto al de su hija la dejó tan aturdida que fue eso lo que le impidió que saltara sobre él en ese mismo momento. Él llevaba la sangre de Skule en sus venas. Aunque lo que menos quería era ser detenida en esos momentos, la sangre le ardía por lanzarse sobre esa asquerosa sanguijuela.

Salió rápidamente hacia el vestíbulo del aeropuerto de la capital de España, dejando atrás al resto de sus compañeros de viaje. Ella no tenía ninguna maleta que recoger de las que habían viajado en las bodegas de la nave y eso le permitió evitar el tumulto de la recogida de equipaje. Entró rápidamente en unos de los aseos que estaban más retirados de la zona de paso y se metió en unas de las cabinas para cambiarse de ropa.

Salió de la cabina del baño con la túnica puesta y se miró en el espejo. Unas pequeñas gotas de sangre salpicaban la manga derecha la del brazo con el que había empuñado el arma que había traído escondida durante el vuelo desde Noruega. Metió la manga bajo el grifo y comenzó a frotarla pero la sangre no salía, se había secado durante el viaje y lo único que consiguió fue dejar la fina tela mojada y arrugada. Después de maldecir su suerte se dobló las dos mangas hasta la altura del codo y salió del baño.

El vampiro del avión estaba sentado en el banco que había en la puerta de los baños y la miraba con los ojos como platos.

Nanna aprovechó la sorpresa de él para salir disparada hacia una zona soleada, con la esperanza de que no fuera un mestizo. Miró hacia atrás y vio que el enorme macho la miraba desde las sombras del pasillo con un gesto indescifrable.

Sopesó el intentar atacar al macho de alguna manera, pero al final decidió que era más importante huir y esas horas iban a ser cruciales para poder salir de allí.

Fue a paso rápido hacia la salida, intentando no pensar la relación que su hija habría tenido con aquel vampiro.

***

Miguel, en cuanto pudo reaccionar, mandó un mensaje privado al WhatsApp de Carlos, pues el resto de sus contactos los tenía bloqueados para que nada le hiciera dudar de su decisión. La idea era no involucrarse en nada de los que pasase a partir de ese momento pues él ya se consideraba muerto pero ¿cómo iba a dejar de informar, sobre dónde estaba la maldita bruja que había hecho la vida imposible a Tom?

- "Estoy en España por motivos privados, en mi mismo vuelo viajaba la madre de Skule, creo que me ha reconocido"

- "Escóndete y no hagas nada hasta que lleguen los refuerzos" – Carlos contestó inmediatamente.

- "No puedo faltar a mi cita" – escribió Miguel.

Escribiendo, escribiendo, escribiendo…

A Miguel le pareció que su amigo tardaba algo más de lo normal en terminar su texto.

- "Vale"

166

Miguel pasó el resto de las horas que le quedaba sentado en el puñetero banco, dándole vueltas a la cabeza. Se sentía como un egoísta traidor quitándose de en medio en ese momento. Pero no iba a desviarse de su destino por nada del mundo. Había tomado una decisión y nada, ni nadie, le desviaría de su destino. En cuanto la noche cayera sobre Madrid alquilaría un coche, estaría en Toledo en una hora y después de despedirse de la ciudad que le vio nacer se sentaría a las orillas del Tajo y esperaría a que la luz del Sol se encargar del resto.

Capítulo 12

Carlos no se lo podía creer.

Todavía miraba el mensaje de Miguel en su móvil sin poderse creer que el doctor se hubiera desentendido del tema.

"No puedo faltar a mi cita"

Era algo que les estaba amenazando peligrosamente a todos. Además le afectaba directamente a él pues, técnicamente, la bruja asesina era su suegra.

Todo esto era muy, muy raro.

Jimena entró en el despacho precedida de su enorme tripa mientras se comía una onza de chocolate blanco.

- Hola – dijo la morena.

- Hola – contesto él.

Carlos cambió inmediatamente el gesto preocupado por otro más cariñoso. Podía estar quemándose en el mismísimo infierno que, era ver a su esposa, y se le olvidaban todos los males. Todavía se sorprendía a si mismo pensando en si su vida presente era simplemente un sueño o, realmente, había sido tan afortunado de que todo fuera realidad.

- ¿Qué te preocupa? – preguntó Jimena.

- Nada que no pueda arreglarse – Carlos no quería preocupar a su embarazada esposa.

- Ya – Jimena le miró elevando una ceja.

- Está bien – Carlos sonrió mirando a su perspicaz esposa – es que no entiendo la aptitud de Miguel…

- Eso se llama estupidez masculina – dijo ella con la boca llena.

- ¿Qué? – Carlos la miró con la boca abierta.

- Marta me ha contado algo sobre Miguel y Skule…

- ¿El qué?

- Bueno ya sabes la conexión mental entre Tom y Skule…

- Si. Continua.

- Bueno, no me gusta husmear en las relaciones de los demás pero…

- Sigue por favor – Carlos se estaba poniendo de los nervios.

- El caso es que Miguel cree que Skule tiene algo con Adrian…

- ¿Qué? ¿Eso es cierto? – Carlos no se podía imaginar lo que estaría pasando su amigo.

- No, no… Skule está totalmente enamorada de

Miguel pero creo que le quería dar una lección y se les ha ido de las manos.

- Dios mío…

Carlos cogió el auricular de la mesa de su despacho y marcó el teléfono de Tom. El rubio contestó inmediatamente.

- Hola jefe.

- Hola Tom. Creo que tenemos un problema con Miguel.

- Lo sé. Skule y yo nos vamos en unas horas a España a buscarle.

- Ehhh. Vale. Me ha mandado un mensaje.

Carlos le contó toda la información que tenia sobre la llamada de Miguel y Tom le contó la intención que tenía sobre ir a España con su hija en busca de doctor.

Cuando Carlos colgó el teléfono no se podía creer que las cosas se hubieran liado hasta ese extremo. Entendía a Miguel pues, si él se ponía en el lugar del viejo vampiro, seguramente haría lo mismo. Pero eso no quería decir que él como amigo le intentara sacar de su error aunque fuera a puñetazos.

Esperaba que Tom y Skule llegaran a tiempo. Todos iban a perder mucho en todos los sentidos, si Miguel conseguía lo que, seguramente, había ido a buscar a su tierra natal.

El tema de Nanna quedaría en segundo plano. Lo primero era su amigo.

***

Adrian operaba a la pequeña mujer en el quirófano principal de la clínica con los colmillos extendidos.

Gracias a la mascarilla. Pues con el olor de la sangre de la preciosa rubia metido en sus fosas nasales, era imposible que se retrajeran en un periodo de tiempo indeterminado. La sangre de esa mujer le había afectado de una manera tan brutal que, si no fuera porque no había otro médico disponible en la clínica, se habría quedado en un segundo plano y no habría entrado en el quirófano. Pero la ansiedad que le producía la posibilidad de que muriera era mucho mayor que la que le producía el estar delante de ella con su sangre expuesta ante él. Con mucho esfuerzo pudo controlarse y no lanzarse sobre su vientre para lamer la sangre que una de las enfermeras que le estaba asistiendo limpiaba de vez en cuando con una gasa.

Era surrealista el tener envidia a un trozo de tela de algodón, pero en ese momento le hubiera gustado usar su lengua para hacer el trabajo que estaba haciendo la gasa.

Cuando por fin consiguió reparar los daños internos que había producido la cuchillada, cerró las capas externas de la piel con grapas y dejó a las enfermeras que taparan la herida con vendas. Ahora que su máxima concentración no estaba en salvar la vida de la pequeña mujer, todos sus instintos estaban en la brutal atracción que sentía por ella. Era como si en ese momento ya no existiera nadie más en el mundo. Estaba claro que acababa de salvar la vida a su verdadera compañera.

Joder.

¿Es que el destino se estaba riendo de él?

¿No hubiera sido más fácil encontrársela en un bar tomando una copa?

Se lavó las manos y, después de beberse dos botellines de 0+, se fue directo a darse una ducha. Abrió el grifo del agua fría a tope y se metió debajo del chorro con la boca abierta para ver si así conseguía que se le relajaran las encías y los colmillos se retrajeran de nuevo en ellas, pero estos no estaban muy por la labor y se quedaron a medio esconderse, estaba claro que habría que conformarse con eso de momento, por lo menos no llevaría dos dagas de marfil colgando de su boca y haciéndole heridas en la barbilla.

Miró hacia abajo para escupir el agua de su boca y fue consciente de que los colmillos no eran lo único que tenía que replegar. Su pene lucía duro y erguido en toda su amplitud. Madre mía, aquello no se bajaba ni con el agua helada que estaba derramándose por todo su cuerpo. Se enjabono lo más rápido que pudo y salió de la ducha secándose rápidamente y encarcelando su erección dentro de un bóxer y un pijama de cirujano limpio. De ninguna manera iba a masturbarse pensando en la mujer que acababa de dejar indefensa en su mesa de operaciones.

Salió del vestuario y se dirigió hacia la sala de recuperación de cirugía. El personal de la clínica había trasladado a la paciente allí y estaba conectada a todas las maquinas necesarias para controlar sus constantes vitales. Adrian comprobó los monitores y la medicación que se le estaba administrando por vía intravenosa. Cuando se quedó conforme cogió una silla y se sentó junto a la cama, mirando a la preciosa cara de la mujer como si quisiera resolver uno de los misterios del universo.

***

Lola entró al despacho de seguridad junto con Michael. Habían venido del aeropuerto en un taxi, dejando allí a los gemelos y Stefan que habían decidido viajar junto a Tom y Skule a España. Carmen se había disculpado y había cogido otro taxi para que la dejara en su apartamento, aunque Michael había insistido en que los tres cogieran el mismo, ella le había despachado rápidamente con un frio *"prefiero ir sola"* que había dejado a su compañero totalmente hecho polvo.

Encendió su ordenador y revisó las imágenes de las cámaras de seguridad deleitándose con una en especial. La cámara que apuntaba directamente al tocador de su peluquera era un vicio para ella. No podía dejar de mirarla.

El día anterior, pese a la interrupción por la urgencia de seguridad que les había enviado a todos al aeropuerto, había sido de lo más revelador para las dos. Había hablado claro y se habían dicho todo lo que tenían en sus mentes y en su corazón. Se habían pedido disculpas por los malos entendidos y habían quedado en empezar desde cero.

Lola, sentada junto a Erika en el sofá de su apartamento, le había contado todos sus sentimientos e inquietudes con respecto a su sexualidad y la ausencia de algún tipo de atracción hacía ninguna persona, hasta el momento en que le había conocido.

Aquel demoledor flechazo lo guardaría en su memoria para toda la vida.

Erika le había contado el tipo de vida que había llevado y la familia con la que le había tocado lidiar, pero la pobre estaba tan avergonzada, que apenas conseguía unir una frase con otra sin pedir disculpas por su comportamiento a cada momento. Lola decidió que ya era hora de terminar con las incontables veces que su peluquera se había disculpado y se acercó a ella cerrándole la boca sellándosela con la suya.

Recorrió toda la extensión de sus labios, sembrándolos de pequeños besos, comenzando en un extremo de la boca y recorriéndolos hasta el extremo contrario. Al principio Erika se mantuvo quieta, como si no supiera que hacer pero Lola, después de lo que habían pasado las dos durante esos días, armándose de valor no cesó en su empeño y continuó insistiendo hasta que su compañera se relajó y abrió lentamente la boca para ella. En el momento en que las lenguas se encontraron en un suave roce, las dos gimieron a la vez. Lola empujó suavemente a Erika haciendo que esta se recostara en el sofá mientras ella, sin dejar de besarla con pasión, la acariciaba los brazos e iba bajando por el torso hasta introducir su mano por debajo de la camiseta, sintiendo por primera vez el suave tacto de la piel desnuda de su compañera en la palma de su mano. Erika se retorcía debajo de ella mientras levantaba la camiseta de Lola y le acariciaba la espalda, haciendo unos sonidos de lo más eróticos y que a Lola le dieron alas para continuar.

En cuestión de segundos las camisetas y los sujetadores estaban colgando por el mobiliario de la habitación y ellas dos se restregaban piel con piel ansiosamente, como sí se hubieran estado esperando durante toda su vida.

Lola bajó por el torso de su amante, dejando suaves besos y pequeños mordiscos, los pezones de Erika estaban duros por la excitación y no pudo remediar hacer un alto en su camino y lamer cada uno de ellos. La pequeña mujer gemía mientras arqueaba la espalda para darle mejor acceso, animando a Lola para que siguiera excitándola. Bajó por su abdomen, llegando al piercing con una pequeña hada que lucía en el ombligo y lo cogió con los dientes tirando suavemente de él, haciendo que Erika se arqueara más gimiendo de placer. Cuando llegó a la pletina del pantalón dudó por un segundo, pensando que quizá el sexo se estaba poniendo demasiado rudo para ser la primera vez de las dos, pero en el momento que Erika se desabrochó los pantalones, supo que las dos estaban igual de excitadas y que en ese momento era lo que sus cuerpos les exigían. Tiró del pantalón llevándose las bragas en el mismo movimiento y mientras con una mano frotaba los pezones de Erika, comenzó a besar a su compañera en su lugar más intimo, utilizando sus labios, sus dientes y su lengua y volviéndola loca, hasta arrancarle un intenso orgasmo, a su vez ella, con la mano libre, se daba placer a sí misma haciendo que también se corriera a la par que su amante. Cuando las convulsiones del clímax terminaron para las dos, Erika se quedó inmóvil, desmadejada sobre el sofá y Lola, que estaba de rodillas en el suelo con la cara entre las piernas de su compañera, reptó por el mismo lugar por el que había descendido y las dos se fundieron en un fuerte abrazo que dijo todo lo que se tenían que decir sin necesidad de palabras.

- Lola, Loooola ¿me estás escuchando?

- Michael la miraba con mala cara desde su escritorio.

- Perdona – Lola bajó de la nube en la que estaba - ¿Qué decías?

- Voy a hacer la ruta – espetó.

- Vale, vale – dijo carraspeando - ¿Quieres que vaya yo?

- No. Necesito tomar el aire.

Mientras su compañero salía del despacho con un portazo, Lola volvió al trabajo dejando la imagen de Erika trabajando en su pantalla. Esa noche irían a tomar algo al Hematology y dejarían claro a la bella vampira que lo regentaba que no había lugar ni para Michael, ni para nadie más entre ellas.

***

Ahora ni siquiera quería compartir un taxi con él.

"Prefiero ir sola"

Maldita fuera su suerte, su vida y todo él.

Estaba claro que Carmen había llegado s su límite y, ahora que tenía a otra persona a la que lanzarle la patata caliente, la había aprovechado.

¿En qué momento había estado tan borracho como para pensar que esa diosa morena iba a estar interesado en él?

Estaba claro que lo hacía por lealtad hacia Carlos o, lo que era aun peor, por pena.

Joder, todo esto se estaba convirtiendo en una pesadilla, si alguna vez había tenido la más leve esperanza de que ella sintiera la mas mínima atracción por él, esa madrugada se le había derrumbando por completo.

"Prefiero ir sola"

Se paso toda la mañana fuera del despacho. No podía aguantar más la tonta cara de enamorada de su compañera, estaba claro que esas dos habían aclarando sus asuntos el día anterior y estaban en la etapa de "no existe nadie a nuestro alrededor" y, aunque fuera vergonzoso reconocerlo, le estaba jodiendo soberanamente.

Comió solo en la sala de estar y pasó sin pena ni gloria la tarde hasta que por fin llegó la hora de salir. Esta siempre, por alguna extraña razón, solía coincidir con la hora de "entrar" de Carmen. Aunque ese día no iría al club, tenía que intentar curarse de esa locura que le obsesionaba de una manera enfermiza y que ponía a la amable vampira en un compromiso del cual estaba cansándose cada vez más.

Se subió en la moto con la intención de ir a pasear por la ciudad, repitiendo en su cabeza la retahíla de que tenía que separarse de Carmen, e intentar desengancharse de esa droga que suponía para él el ir todos los días al club. La moto iba de calle en calle pero siempre, como si ella no estuviera dispuesta a cambiar las viejas costumbres, volvía a coger el camino hacia donde se había dirigido, irrevocablemente, durante todas las noches desde hacía cinco años.

Mil ochocientas veinticinco noches aproximadamente.

Eran demasiadas veces como para que se le pasara el vicio de un día para otro, la carne era débil y él, en ese momento supo que no podría mantener la decisión que había intentado tomar, porque no estaba para nada convencido de que la pudiera llevar a cabo.

Mejor lo dejaría para mañana.

O para pasado mañana.

Bueno ya vería cuando se sentía preparado.

Vaya mierda.

Estrujó a tope el puño de la moto, dándole todo el gas que le permitía la gran cilindrada de la BMW S 1000 R que llevaba entre sus piernas y se dejó llevar por la fuerte atracción que el lugar ejercía sobre él.

Bueno seguramente el lugar no tendría nada que ver.

Dejo el casco sobre su lugar de la barra y se sentó en el taburete. Carmen no estaba dentro de la barra y la buscó con la mirada por el local. Cuando ya había recorrido casi todos los rincones de la estancia, vio como la morena, cargada de botellas, salía de la puerta que daba al almacén.

Michael se levantó como un resorte y fue a ayudarla.

- No es necesario – le cortó ella secamente.

- Lo siento… - Michael se paró en seco - yo sólo…

- Lo sé, lo sé, eres todo un caballero y ayudas a todas las damas a tu alrededor.

Michael no sabía por dónde le venían los tiros.

Carmen se metió dentro de la barra dejando todas las botellas sobre el mostrador con un golpe seco. Fue un milagro que no se rompiera ninguna.

- ¿Con qué vas a destrozar tu hígado hoy? – le dijo con los brazos en jarras - ¿cerveza o whisky?

- Whisky – dijo el secamente – doble.

Michael miró a la morena mientras le preparaba la copa, tenía una expresión en la cara que nunca le había visto, ella siempre había sido amable con él pero, ahora estaba contenida. Seguramente estaba preocupada por su amigo

Miguel y lo que menos le apetecía era aguantar a un humano de mierda, borracho y pesado comiéndosela con los ojos toda la noche.

Carmen le plantó la copa delante de las narices sin hacer ningún comentario y se volvió a colocar las botellas que acababa de traer. Michael después de observarla durante unos segundos, se bebió el escocés de un solo trago, dejó un billete de cincuenta en la barra, cogió su casco y se fue sin despedirse.

***

Carmen no se dio la vuelta hasta que escuchó con su fino sentido del oído, que la moto de Michael se alejaba. Cogió el billete que había dejado en la barra y se cobró la consumición, dejando las vueltas en uno de los cajones para devolvérselas cuando le viera.

Carmen no aceptaba propinas de nadie, ella solo cobraba por su trabajo y por lo que daba, era muy simple, yo te pongo una copa y tú me pagas lo que vale, las propinas se las das al primer indigente que te encuentres por la calle. Sabía que era muy radical con ese tema, pero su pasado le había puesto muchos muros en ciertas cosas y ella, de momento, no lo podía evitar.

Miró a su alrededor y se sintió tan sola que le dieron ganas de llorar, esa noche iba a ser muy larga sin la compañía de ninguno de sus amigos, a Michael le había echado con su actitud borde y Stefan estaba volando hacia España con Tom, Skule y los gemelos y quitando a todos ellos nadie iba al club las noches de diario.

Decidió que estaría un par de horas por si aparecía algún despistado y, si no, sería la primera vez que cerrara el club antes de la hora.

Estaba pasando por enésima vez la bayeta por la barra, cuando se abrió la puerta de acceso al local. Erika y Lola bajaron por la escalera cogidas de la mano con los dedos entrelazados.

- Hola Carmen – dijo una feliz Erika.

- Ho... hola chicas.

- Lola miraba hacia el sitio de Michael.

- ¿Ha venido Michael? – dijo Lola.

- Si – contestó Carmen – se ha ido hace una hora.

- Lola miró a Carmen con las dos cejas levantadas.

- Qué raro – dijo – cuando hemos salido del aparcamiento su moto no estaba y, si no está aquí, ni allí...

- Bueno, él sabrá, ya es mayorcito – dijo la vampira un poco alterada.

- Carmen se dio cuenta de que estaba siendo un poco borde, pero no se disculpó, no podía, su estado de ánimo en esos momentos no estaba para disculpas, estaba demasiado alterada.

- No me contesta el teléfono – dijo Lola – es raro.

- Estará conduciendo – dijo Erika.

- Siempre para y contesta en cuanto nota la vibración – dijo Lola.

- Espera un rato, igual ahora no puede parar.

Carmen se sorprendió al ver la forma en que Erika acarició la cara de Lola.

- No sé, hoy estaba especialmente raro y me siento un poco responsable de su estado de ánimo.

- ¿Le has dado calabazas? – Carmen habló desde el otro lado de la barra.

- No Carmen, no le he dado calabazas porque nunca hemos estado juntos.

- Eso no es lo que dicen las malas lenguas – siguió la vampira.

- Las malas lenguas se las pueden meter por el culo – contestó Lola un poco borde.

- Está bien, está bien – dijo Erika – eso es una de las cosas que tenemos que aclarar.

- A mí no me tenéis que aclarar nada. Todos somos adultos – Carmen seguía haciendo que estaba muy ocupada.

- Carmen – dijo Erika – yo cometí un grave error y ahora quiero ir aclarándolo con todo el mundo y Lola me ha pedido que fueras tú la primera en saberlo.

- ¿Saber el que? – dijo Carmen mirando a Erika.

- Lola y yo somos pareja y Michael no ha estado nunca con ella, fui yo la que la lie con mis celos infundados y quiero aclararlo cuanto antes.

Carmen no sabía si había oído bien las palabras de la pequeña mujer.

¿Pareja?

- Me voy a buscarle – dijo Lola metiendo su móvil en el bolso.

- Te acompañó – dijo Erika.

- Prefiero que te quedes si no te importa, si en una hora no le he localizado te llamo y te vengo a buscar igual – dijo mirando a Carmen que se había quedado como una estatua – necesita que le aclares el tema.

- Está bien – Erika tiró de Lola y la dio un beso en los labios – Llámame en cuanto sepas algo.

Carmen vio como Lola salía rápidamente del local y miró a Erika, con un montón de interrogantes en la mirada.

Capítulo 13

Nanna, sentada en el asiento trasero de un taxi, se debatía entre huir o volver al aeropuerto y hacer salir de las sombras a la sanguijuela que había viajado con ella en el avión. Lo más acertado sería que pusiera tierra de por medio y desapareciera de la zona hasta que consiguiera la ayuda de las brujas adecuadas para este tipo de trabajo. Pero, su malvada mente no la permitía dejar a ese vampiro ahí sin hacer nada.

¿Y sí fuera allí ahora que la luz del Sol caía a plomo sobre Madrid…?

- ¡Vuelva inmediatamente al aeropuerto! – Nanna no podía irse sin más.

Salió del taxi en una carrera y se dirigió hacia el pasillo de los baños donde seguramente seguiría el vampiro escondido. Llegó a la altura de los baños, sorprendiéndose por la cantidad de gente que había en el área antes prácticamente desierta. Un gran Boing 747 había aterrizado y todos los pasajeros que habían desembarcado del enorme avión, deambulaban por allí cargando con sus maletas y la zona de los aseos era una de las más colapsadas. A Nanna le recordaron al ganado, insulsos trozos de carne que se movían en rebaños, de un lado para otro, esperando a que les llegara su hora.

Qué asco.

Pasó dando empujones a través de los cuerpos hasta llegar al banco donde había visto por última vez al chupasangre. Miró a las tres personas que en ese momento ocupaban todo el espacio para sentarse y tuvo que contenerse para no gritar de rabia. Después de las molestias que se había tomado interrumpiendo su huida para darle su merecido, el vampiro se había esfumado.

Salió de nuevo al hall, cabreada consigo misma por no haber aprovechado la primera oportunidad que había tenido para darle una buena lección a aquel vampiro, cuando la luz del día que entraba por los grandes ventanales que daban a las pistas del aeropuerto la cegó, haciendo que se parara en seco. Era totalmente imposible que la criatura pudiera salir de allí sin morir calcinado, hasta que no pasaran unas cuantas horas y el sol se escondiera por completo tras las montañas que se veían a lo lejos en el horizonte. Según fueran avanzando las horas del día, los rayos entrarían con más fuerza por las ventanas, pues la situación del edificio hacia que según iba cayendo el astro, su luz le extendiera mucho más por su interior, alargándose hasta ocupar todo el suelo.

Nanna se dio la vuelta con los ojos entrecerrados cuando cayó en la cuenta de que, era totalmente imposible, que el vampiro hubiera podido salir de allí.

Comenzó a cavilar de qué manera podría hacer que saliera de donde, estaba segura, se había refugiado. En ese momento vio acercarse por el hall a una pareja de vigilantes de seguridad. Salió corriendo hacia ellos mientras gritaba con muchos aspavientos.

- Por favor, por favor. Me han robado la maleta.

- Tranquilícese señora – le dijo uno de ellos.

- ¡Oh Dios mío! Llevaba todas mis cosas.

- ¿Ha visto quien se la ha quitado?

- Creo que se ha escondido en los baños – Nanna señalo hacia los aseos.

- Espere aquí mientras miramos dentro.

Nanna hizo caso omiso y siguió a los dos vigilantes hacia los baños de caballeros. Entraron al aseo que estaba atestado de gente, pero Nanna no vio al vampiro. Comenzaron a llamar a los cubículos haciendo que las personas que estaban dentro salieran a toda prisa. Después se fueron hacia el aseo de señoras haciendo la misma operación.

Ni rastro.

Nanna, aunque con tanta gente no podía sentir su presencia, sabía que no podía estar muy lejos y volvió a meterse en el aseo de caballeros.

- ¡Señora no puede entrar ahí! – le dijo uno de los vigilantes.

- Estoy segura que está aquí dentro – dijo ella

entrando de todas maneras.

Según paso sintió la presencia, no sabía donde pero estaba cerca. Nanna escaneo toda la zona haciendo caso omiso a los comentarios que hacían a su alrededor y fijó los ojos en una puerta que había al final de la larga fila de lavabos en la que rezaba la frase en letras azules *"solo personal autorizado"* la mano de uno de los vigilantes la tomó del brazo en un intento de sacarla de allí. Nanna tuvo que hacer uso de un control extremo para no achicharrar al tipo en ese mismo momento.

- Podría estar ahí dentro – le espetó.

- No señora ahí es imposible entrar sin la llave de seguridad – contestó el tipo.

- ¡¡QUE MIERDA DE VIGILANTES SOIS!! – dijo ella chillando.

- Señora como siga así la detenida va a ser usted.

- ¡¡ESTÁ BIEN!!

- La acompañaremos a la comisaria para que denuncie el robo.

- No servirá de nada, si todos los agentes son iguales que ustedes… – Nanna salió sin más, mientras los vigilantes la miraban estupefactos.

Está bien, pensó mientras respiraba hondo, ya llegaría el momento de su venganza. Este quedaría archivado en su lista de bichos a eliminar.

***

Que Miguel quisiera morir no quería decir que fuera a dejar que le matara la zorra de la madre de su amada.

Cuando vio la mirada de la bruja al descubrirle en el banco donde pensaba pasar las horas de luz, supo que no se iba a quedar tan tranquila y, sobretodo, después de escuchar la historia de Tom sobre su pasado. Tenía claro que una persona así no cambiaba nunca.

Como decían en su tierra natal "La zorra cambia de piel, pero no de costumbres"

En cuanto la mujer desapareció de su vista, comenzó a estudiar el terreno buscando un escondite o una vía de escape que no fuera la zona pública plagada de cristaleras por las que se colaba la luz del día y que le provocaría una muerte segura.

Recogió todas sus cosas y pasó al baño de caballeros. Entró en el ultimo cubículo y se quedó mirando a su alrededor sopesando la posibilidad de pasar las siguientes diez horas allí.

¡Qué estupidez!

Ese sería unos de los primeros sitios en donde ella miraría si volvía a buscarle.

Salió de nuevo a la zona de los lavabos y miró hacia el techo buscando las rejillas de ventilación.

Demasiado pequeñas.

Cuando se disponía a salir de nuevo hacia el pasillo, descubrió una puerta reflejada en el espejo que estaba lo suficientemente escondida para que no se viera a simple vista al pasar. Intentó abrirla moviendo el picaporte pero, como era de esperar, estaba cerrada con llave. Sacó su llavero en el que llevaba uno de los inventos de su amigo Tom que, aunque no era de los más espectaculares, si era de los más prácticos. Abrió la cerradura a la primera con la llave universal. En ese momento, la admiración hacia el talento del que podía haber sido su suegro, subió unos cuantos niveles si es que eso era posible.

Era uno de los inventores con mas ingenio que había conocido en su larga vida, gran amigo de sus amigos y, como si esto fuera poco para el tipo, había engendrado a la criatura más espectacular que el conocería nunca y que le había robado su viejo corazón hasta tal nivel, que no quería seguir viviendo sin su amor.

¡Joder como iba a echar de menos a todos sus amigos!

Se coló en el gran almacén todo rodeado de estanterías hasta un altísimo techo, al que daba acceso la puerta y, subiéndose a una de las estanterías más altas, se tumbó sobre bolsas llenas de bayetas, acomodándose para pasar el resto de las horas que le quedaban por delante antes de poder alquilar un coche y dirigirse hacia, la monumental ciudad de Toledo.

Su deambular por la vida terminaría en cuestión de horas en la misma ciudad en la que comenzó.

***

Skule miró a su padre que estaba acomodado en el asiento de su derecha.

- Cuando encontremos a Miguel quiero que me dejéis a solas con él.

Tom la miró durante unos segundos antes de contestar consciente, por el vínculo mental que compartían, de los motivos por lo cual lo pedía.

- Está bien – le contestó.

- Es privado y no quiero testigos cuando Miguel se dé cuenta de su error – explicó ella sin necesidad.

- Lo sé y lo entiendo – dijo Tom – pero estaremos cerca, no quiero correr ningún riesgo. Si en algún momento intuyo peligro, por leve o lejano que parezca, me va a importar una mierda vuestra privacidad.

- De acuerdo – contestó, algo sorprendida por lo bien que le hacía sentir la sensación de que alguien se preocupara así por ella.

Skule cerró los ojos en un intento de descansar durante las horas que les quedaban por delante. Estuvo todo el vuelo en un duermevela. Fue consciente a medias de las conversaciones entre su padre, Stefan y los gemelos en las que planeaban las opciones en caso de encontrarse con Nanna.

Ella se olvidó de su faceta de guerrera, dejando las tácticas a ellos y concentrándose en las palabras que pronunciaría cuando tuviera a Miguel delante.

Quería que quedara claro que sus sentimientos hacia él estaban vivos y que no tenía nada que ver con ningún otro macho pero, esto no quería decir que no tuvieran mil y una cosa por aclarar y, que su relación iba a tener que comenzar de cero, después de aclarar todos los malentendidos que les habían llevado a esta situación tan peligrosa para todos.

Una suave voz en su cerebro la sacó del sueño profundo en el que se encontraba. Miró hacia la fuente de donde procedía y vio a su padre observándola en silencio. Se restregó los ojos desperezándose, todos los pasajeros estaban de pies en el pasillo cogiendo sus equipajes de mano de los compartimentos que había sobre sus cabezas. Era la primera vez que se relajaba tanto en público como para quedarse profundamente dormida, el sentimiento de sentirse protegida era algo nuevo para ella. Hasta ese momento de su vida, la que protegía, era ella.

- ¿Ya hemos aterrizado? – preguntó sorprendida.

- Si – contestó Tom – estabas tan dormida que no te enteraste cuando te puse el cinturón de seguridad.

Skule miró hacia abajo y, allí estaba, el cinturón cerrado fuertemente sobre su cintura.

- Lo siento – dijo mientras se lo quitaba – no he dormido muy bien últimamente.

- No tienes porque sentirlo – dijo Tom – era la mejor manera de aprovechar las horas.

Los ojos de los dos se quedaron enganchados por unos segundos, mientras algo que Skule reconoció como una conexión fraternal corría entre ellos, era un cariño que ella no había conocido hasta ahora. Con esa mirada su padre le estaba diciendo que podía contar con él para cualquier cosa y que mataría a cualquiera que osase infligirla cualquier tipo de dolor.

Esa mirada era un voto en toda regla.

Se levantó de un salto rompiendo el momento, con las mejillas arreboladas por la falta de costumbre a recibir ese tipo de atenciones y disimuló afanándose en coger su mochila.

Los cinco salieron del avión y se dirigieron hacia la salida que les había indicado Carlos por teléfono que sería en la que estaría la persona que no les pondría ninguna pega para pasar con sus "cosas" en las mochilas. Cuando por fin se encontraron en la zona libre del aeropuerto, Skule detectó la sangre de Miguel y comenzó a correr en dirección al lugar hacia donde le dirigía su instinto.

En su loca carrera no visualizaba nada más que su objetivo, saltando todos los obstáculos que se le ponían por delante y sentía levemente como su padre le seguía los pasos de cerca. Recorrió buena parte del aeropuerto a toda velocidad, esquivando a los pasajeros que se cruzaban con ellos.

El rastro le llevó hasta la boca del metro del aeropuerto. Skule miró hacia su alrededor pero Miguel no estaba en la estación. Se concentró en sus instintos, sintiendo como su objetivo viajaba en dirección Oeste. Miguel tenía que haberse subido al convoy hacia unos quince minutos pues le sentía relativamente cerca. Sus acompañantes estaban mirándola en silencio, esperando a que dijera algo.

- Está en el Metro – dijo ella.

Tom salió disparado hacia las maquinas expendedoras y trajo un billete para poder acceder al suburbano.

Entraron en tromba haciendo caso omiso a las miradas sorprendidas del resto de los viajeros. Todo el mundo les miraba sorprendidos. La belleza innata con la que contaban les cautivaba y les hacía sentirse atraídos hacia ellos sin poder remediarlo.

Si solo ellos supieran.

Tom estaba cogiendo su teléfono del bolsillo cuando ella le instó mentalmente a que no hiciera la llamada. Ella lo había intentando en varias ocasiones y el teléfono de Miguel estaba apagado. Además no quería que nadie excepto ella le explicara la situación.

Se sentía un poquito demasiado posesiva con respecto a él y quería verle los ojos cuando descubriera que había ido a buscarle.

Aunque ella tenía claro que le amaba y que era su pareja de vida, todavía tenía una espinita clavada y quería cogerle por sorpresa para comprobar que sus reacciones no estaban preparadas. Sabía que estaba siendo demasiado desconfiada y que una relación no debería empezar así, pero ella había sido engañada desde el primer momento que había pisado este mundo y en esto necesitaba estar segura.

Muy, muy segura.

Necesitaba comprobar que los sentimientos de Miguel eran genuinos.

**

Si ese listillo se creía que se iba a reír de ella es que no sabía de lo que podía ser capaz.

Nanna había ido a su apartamento de Madrid y, después de mandar un correo electrónico contándoles la situación y ofreciéndoles su lealtad durante todo lo que le quedara de vida a cambio de ayuda del malvado Clan de Adoradoras de la Bruja del Hielo, había salido de nuevo a la caza del vampiro.

Se había cambiado de ropa en su apartamento de Madrid, para que el vampiro que, estaba segura, seguía escondido dentro de aquella puerta, no la reconociera y se concentró en vigilar el acceso a los baños desde unos bancos que estaban situados a unos cincuenta metros del mismo.

Esa rata tendría que salir de su agujero y no se le iba a escapar.

Se levantaba y sentaba, incómoda por la extraña indumentaria que se había puesto. Los vaqueros de su traidora hija, ella jamás se había comprado unos, eran más o menos su talla de ancho, pero de largo... se los había tenido que dar unas cuantas vueltas que había disimulado con unas botas militares, que se compró en una ocasión en la que había tenido que vestir el uniforme de La Sociedad para pasar desapercibida y que no se las había vuelto a poner nunca más. Acostumbrada como estaba a la libertad que le daba su querida túnica, se sentía como si la hubieran atado con una camisa de fuerza. Su larga melena se la había recogido con una cola de caballo y llevaba la cara lavada, sin gota de maquillaje. Cuando se miró al espejo antes de salir parecía mucho más inocente.

Nanna deambulaba nerviosa, cuando por fin la luz del sol dejó de iluminar el interior del aeropuerto y la oscuridad comenzó a apoderarse de la zona. No tardó ni un minuto en localizar al enorme vampiro que salía del pasillo de los aseos y se dirigía a toda prisa a través del pasillo en su dirección.

Nanna se escondió tras una columna para que no la viera, observando disimuladamente como pasaba por su lado. Dejó de respirar por unos momentos cuando él se paró a su altura por unos segundos mirando pensativo, pero inmediatamente continuó su camino.

Nanna tuvo que acelerar el paso para seguirle el ritmo hasta que llegaron a la estación de metro, el vampiro compró su ticket en las maquinas expendedoras mientras ella hacía lo propio, disimuladamente, en la taquilla de la estación. Le siguió por las escaleras mecánicas hasta el andén y tuvo que correr para poder coger un vagón distinto al de él sin perder el tren.

Nanna se sobresaltó cuando su móvil comenzó a vibrar en el bolsillo de sus vaqueros. Estaba sentada en la sala de espera del AVE, aguardando a que llegara la hora de salida del tren de alta velocidad con destino a la ciudad de Toledo. Desde su posición veía al vampiro en el andén, sentado en un banco y con la cabeza apoyada entre las manos. Parecía compungido.

A la observadora bruja le sorprendió que en ningún momento sacara un teléfono del bolsillo para nada. En la época actual, en la que todo el mundo tenía el móvil en la mano continuamente era algo extraño.

O, al menos, eso le pareció a ella.

¿Qué se le habría perdido al estúpido vampiro allí?

Descolgó su teléfono sabiendo de sobra quien le estaba llamando.

- Gracias por contestarme con tanta rapidez – dijo en una perfecta lengua escandinava.

La conversación fue rápida y aséptica. No eran necesarias formalidades.

Ella sabía lo que tendría que dar a cambio de los favores y la protección de las que le estaban llamando.

Intentaría conseguir la información de hacia dónde se dirigía el vampiro, por si descubría alguna comunidad vampírica a la que destruir en la antigua ciudad de Toledo y después, viajaría hacia las heladas tierras en las que vivían las malvadas brujas con las que acababa de cerrar el trato vitalicio.

Capítulo 14

El maldito móvil vibró por última vez un segundo antes de que Michael perdiera el conocimiento y comenzara a ver como toda su vida pasaba por su mente, en rápidos fotogramas, como en una película de cine mudo.

Había salido del club como alma que lleva el diablo, para no derrumbarse allí mismo y tirarse a los pies de Carmen rogando para que le volviera a aceptar, aunque fuera por pena, de la misma manera que lo había hecho hasta ese momento.

Solo sería por los pocos años que su maltrecho hígado le permitiera seguir con vida.

Su moto había ido durante más de una hora a una velocidad, que no era la más adecuada para la carretera de curvas por la que estaba circulando y mucho menos, a aquellas horas de la noche.

El viento le iba golpeando fuertemente en la cara. El casco, ese gran invento que salvaba vidas, no se lo había puesto en la cabeza. Iba, estúpidamente, protegiéndole el codo izquierdo. Curiosamente, uno de sus últimos pensamientos antes de apagarse, fue que de poco le había servido tener la articulación del brazo perfecta, ahora que partes del interior de su cabeza, estaban esparramadas por la tupida vegetación de la cuneta de la carretera.

Quizá ese era el mejor final. Carmen ya no tendría que aguantar su patética presencia por más tiempo.

Cuando la estúpida proyección terminó, todo se volvió negro.

Se acabó.

Calor. Una lengua de fuego invadió todos sus sentidos.

Comenzando desde su cuello, se fue extendiendo por todo su cuerpo, como si le hubieran inyectado gasolina directamente en las venas.

Sus parpados se abrieron de golpe y vio los ojos más bellos del mundo, inundados en lágrimas, mirando directamente a los suyos. Por un momento se quedó conectado a ellos pero, algo en su interior parecido a un instinto animal, le hizo descender por la atractiva cara y clavar su mirada en la arteria que recorría la perfecta garganta que tenía delante.

Su propia garganta le ardía y su boca se quedó tan seca que tuvo que pasarse la lengua por los labios, topándose con un desconocido objeto que le hizo sentir una punzada de dolor. El sabor de su propia sangre hizo que un salvaje impulso le lanzara como un animal hacia ese atractivo lugar, perdiendo la capacidad de pensar.

¿Qué era eso tan suave que tenia entre las manos?

¿Seda?

El sabor más exquisito bajó por su garganta, dándole tal descarga de energía que le hizo perder el conocimiento y le sumió en un oscuro sueño de nuevo.

Si esto era lo que le esperaba de ahora en adelante, la muerte era un estado perfecto.

***

Carmen no se podía creer como había tratado a Michael.

Mientras escuchaba de boca de Erika toda la surrealista historia, iba siendo cada vez más consciente de que había sido totalmente injusta con él.

Y consigo misma.

Estaba sacando el teléfono para llamarle, cuando observó como Erika se quedaba blanca mientras hablaba por su móvil y el aparato se le caía de las manos estrellándose contra la barra.

- ¿Erika que pasa? – preguntó Carmen.

La chica no reaccionaba y clavaba los ojos en el frente con la mirada perdida. Carmen cogió el teléfono de la peluquera y se lo puso en el oído.

La voz de Lola sonaba a gritos al otro lado de la línea.

- ¡¡NECESITO AYUDA!!

- ¿Qué ha ocurrido Lola? – preguntó nerviosa ¿Estás bien?

- ¡¡MICHAEL HA SUFRIDO UN ACCIDENTE!! – gritó.

- ¿Qué? ¿Dónde estáis?

- ¡¡EL GPS DEL MOVIL!! ¡¡MANDAR UNA AMBULANCIA!! – gritó - ¡¡OH DIOS MIO, NO RESPIRA!!

Carmen llamó rápidamente a Carlos y, después de informarle de la situación, le exigió que le proporcionara la localización del GPS del móvil de Michael y salió corriendo por la puerta, dejando a Erika con su bloqueo mental en la barra y a los empleados de la puerta con la boca abierta, al verla dejar el local abierto sin dar ninguna explicación.

Sacó su Audi TTS blanco del garaje y salió disparada hacia las coordenadas que le había dicho Carlos.

Cuando llegó al lugar del accidente, la ambulancia de la clínica de Miguel ya había llegado y estaban evacuando un ensangrentado cuerpo.

¿Por qué Adrian no estaba haciendo maniobras de resucitación sobre el cuerpo de Michael?

Igual no había sido tan grave.

Demasiada sangre para que hubiera sido un rasguño.

Todos salieron disparados en dirección a la clínica de Miguel.

Metieron a Michael en la clínica a un ritmo demasiado lento, para el que Carmen suponía que se tenía que utilizar para una urgencia tan grave.

- Conocéis a algún familiar al cual tengamos que avisar – dijo Adrian.

- Nunca hablaba de su familia. Tendremos que investigar – Carlos tenía los ojos llorosos.

- Joder, mierda… - Lola lloraba abiertamente.

- ¡¡PORQUE LLORAIS!! – gritó Carmen - ¡¡SU CORAZÓN AUN LATE!!

- Carmen él está en muerte cerebral – dijo suavemente Adrian – es imposible que sobreviva a un traumatismo tan grave.

El personal de la clínica empujaba la camilla en un silencio sepulcral, todos ellos conocían a Michael y el verle en ese estado les había dejado en estado de shock. Carlos y Lola iban detrás de la camilla con tal gesto de dolor en la cara que, por el mismo, lo decía todo. Carmen les siguió mecánicamente sin poderse creer la pesadilla que estaban viviendo. Hacia un par de horas le estaba poniendo una copa y ahora…

¿Cómo había dicho Adrian?

"Muerte cerebral"

Colocaron el inerte cuerpo del humano sobre una cama en una de las habitaciones de la clínica, dejándole conectado a los aparatos que mantenían funcionando sus órganos vitales.

Carmen le miró a la cara. Parecía tan débil allí tumbado con la cabeza envuelta con una inmensa venda, incluso parecía mucho más pequeño de lo que era en realidad. En ese momento, tuvo una revelación sobre las extrañas reacciones que había sentido cuando Michael había estado a su alrededor y supo, que no podía dejar que la cosa terminara así, sin más.

- Hay una forma – dijo Carmen.

Todos miraron a Carmen con los ojos como platos.

- No sabemos qué opinaría él – dijo Carlos pensativo.

- Creo que no le importaría – dijo Lola – sobre todo si es Carmen la que realiza el proceso.

- Bueno, no se... - Carlos miraba a su empleado y amigo con lagrimas en los ojos.

- Todos fuera de aquí – dijo Carmen con un amenazador siseo.

Por como la miraron todos, fue consciente de que sus ojos tenían que haber cambiado de color y notaba como sus colmillos sobresalían amenazadoramente de su boca en toda su extensión.

Lola salió inmediatamente con la cara desencajada, Adrian hacia unos minutos que se había escusado para ir a ver a la otra paciente que estaba ingresada en cuidados intensivos y Carlos, después de mirarla fijamente a los ojos por unos segundos, evaluándola, salió de la habitación y cerró la puerta.

Carmen se acercó muy despacio a la cama en la que yacía Michael. Como una gata que no está muy segura, de sí la mano que le ofrece una exquisita golosina, es lo suficiente de fiar como para arriesgarse a cogerla con la boca.

Solo que en este caso, de la que no se fiaba era de ella misma.

Cuando consiguió el valor necesario para acercarse lo suficiente, levantó la mano muy despacio y recorrió suavemente el mentón de Michael con las yemas de los dedos.

- Cuanto lo siento – susurró – he sido una estúpida.

Siguió el recorrido de sus dedos hacia el cuello en dirección a la arteria que le recorría en dirección al corazón.

Se subió a la cama muy lentamente y se montó a horcajadas sobre él. Carmen se repetía a sí misma, como un mantra, que el que estaba debajo de ella era su amigo Michael y no ninguno de los cerdos que habían abusado de ella hacía ya muchos años. Aunque para ella, siguiera estando tan cercano, como si hubiera sido la semana pasada.

Se inclinó sobre la piel por donde acababa de pasar el dedo y la recorrió con la nariz. A partir de ese momento todo su ser racional se esfumó y se hizo cargo del mando de su mente, su lado animal. Clavó fuertemente sus colmillos en la vena y comenzó a succionar con ansia, dejando que la deliciosa sangre de él bajara por su garganta, provocando que se le pusieran los ojos en blanco de puro placer.

Una parte muy profunda de su cerebro, donde se guarda la información que heredamos de nuestros antepasados y que llevamos almacenando allí por miles de años de evolución, le dijo el momento exacto en el que tenía que parar. Selló la herida del cuello de Michael con su lengua, haciéndola que cicatrizara inmediatamente.

Jadeando, sentada con las piernas abiertas sobre la pelvis de él y, con las manos apoyadas en los pectorales del hombre, esperaba que el proceso por el cual se convertía a un hombre en vampiro, siguiera su curso.

Suponiendo que lo hubiera hecho bien.

Se retiró su larga melena que caía sobre su cara en gruesas hondas, libre y revuelta. En el frenesí de estar bebiendo la sangre directamente de una vena, se le debía de haber caído el pasador que le sujetaba su habitual recogido.

Hacía muchos años que no se encontraba tan cerca de un hombre. Evitaba el contacto con ellos siempre que podía. Alguna vez había tocado a alguno de sus amigos, pero simplemente había sido para chocar las manos o dar un par de besos en las mejillas de una forma muy aséptica. También había tenido que ayudar a sujetar a Carlos en aquella desagradable ocasión en que habían secuestrado a su esposa, pero aquello no contaba, era como si hubiera estado sujetando a un toro para que no envistiera a cualquier cosa que se le cruzara por su camino.

Un fuerte jadeo seguido de varias toses le sacaron de sus pensamientos.

¿Cuánto tiempo había pasado?

Michael la miraba directamente al cuello con los ojos rojos y unos impresionantes colmillos sobresaliéndole de la boca.

Todo fue tan rápido que no la dio tiempo ni a prepararse. Los colmillos de él se clavaron fuertemente en su vena y sintió una punzada de placer en su vientre que le provocó un orgasmo sin poder evitarlo. Cuando las contracciones de su vagina cesaron, todo su mundo y su pasado, cayó tan fuerte sobre su mente, que comenzó a marearse. Las manos de Michael la acariciaban el pelo, su maldito pelo, ese que había sido el culpable de su desgracia.

Con toda la fuerza vampírica con la que contaba, se arrancó al macho que acababa de convertir de su garganta, desgarrándosela en el proceso, y le lanzó contra la pared haciendo que todo el mobiliario se le cayera encima. Michael, que todavía no era lo suficientemente fuerte como para enfrentarse a una vampira de un siglo de edad, quedó desmayado en el suelo.

La puerta de la habitación se abrió de golpe inmediatamente y Carlos entró corriendo. Cuando vio el panorama la miro interrogante.

- ¿Qué coño…?

- No puedo, no puedo, no puedo – dijo llorando – por

favor hazte cargo de él Carlos.

No fue consciente de nada en su loca carrera hasta su guarida. En el momento que entró en su apartamento, cerró la puerta de seguridad con todas las llaves y cerraduras que contaba y se metió en el baño, vomitando todo lo que tenía en el estomago.

***

Adrian entró detrás de Carlos a la destrozada habitación, encontrándose a su último paciente tirado en el suelo.

Carlos se afanaba en quitar la cama de encima del cuerpo de Michael y colocarla en la posición correcta, para acomodar al hombre que yacía sin sentido en el suelo encima de ella.

Adrian comenzó a tomar las constantes vitales del hombre, ahora vampiro, para comprobar que todo el proceso de conversión había salido bien. Ojala Miguel estuviera con ellos, seguramente el doctor estaría mucho mas familiarizado en el tema.

- Parece que todo está correcto – dijo Adrian – ahora debemos dejarle que duerma para que la conversión termine con éxito.

Adrian salió de la habitación como un autómata.

Estaba tan desolado por los acontecimientos de los últimos días. Miguel se había largado sin mirar atrás y con intenciones que ninguno se atrevía a comentar en voz alta.

Preguntó a las enfermeras por la paciente que habían traído sin conocimiento desde el aparcamiento del aeropuerto, esta estaba sedada en la sala de seguridad de la clínica por su propia seguridad y la de todos los demás.

En cuanto fue informado de que todo estaba controlado, se dirigió hacia la habitación en la que estaba ingresada la pequeña mujer a la que había intervenido, para comprobar sus constantes vitales.

Este era un acto innecesario, teniendo en cuenta la tecnología con la que contaba la clínica, los modernos aparatos les avisarían inmediatamente en caso de cualquier cambio. Pero había algo que le atraía sin poder remediarlo hacia allí.

Era como si aquella preciosa mujer contara con una gran fuerza de gravedad, la cual solo le afectara a él.

Parecía un satélite a su alrededor. Iba a terminar lunático, nunca mejor dicho.

Se sentó en la butaca que estaba al lado de la cama y se sumió en sus propios pensamientos mientras se deleitaba mirando la fina piel de ella, pero el agotamiento psicológico de todos los acontecimientos vividos en las últimas horas hicieron mella en él y se quedó profundamente dormido.

**

La piel le picaba tanto que prácticamente le ardía.

¿Por qué no podía moverse?

¡Vaya pesadilla!

Debía de haberle afectado muchísimo el famoso "jet lag" a su cerebro, para imaginarse toda esa película de acuchillamientos.

Su mente se iba aclarando mientras intentaba abrir los ojos. Lo primero que vio fue unas grandes luces en un techo blanco inmaculado, que la deslumbraron haciendo que cerrara de nuevo los parpados. Volvió a intentar abrir los ojos, esta vez con un poco mas de precaución y recorrió muy despacio la sala en la que se encontraba.

¿Eso era un hospital?

¡¡Ay Dios!!

Había sido real.

Una rítmica respiración la hizo girar la cabeza hacia el lado izquierdo.

En ese momento descubrió lo que significaba el amor a primera vista.

La imagen de aquel hombre, con hondas del mismo color de los amaneceres de su tierra cayéndole revueltas por su cara de ángel, que estaba durmiendo plácidamente en la butaca junto a la cama en la que estaba ella tumbada, le había dejado mareada y con el corazón latiendo a toda velocidad dentro de su pecho.

Las pulsaciones comenzaron a acelerársele y sudores fríos la cubrieron cada centímetro cuadrado de su piel, provocándole escalofríos lo que, por una parte, le hacía temblar como una hoja, por otra le calmaban los tremendos picores que le hacían arder la piel.

Estaba embelesada mirándole e imaginándose la textura de esos gruesos labios

entreabiertos sobre los suyos.

La tranquila imagen del hombre dormido desapareció como por arte de magia, convirtiéndose en un enorme cuerpo que revisaba todos los monitores que habían empezado a pitar estridentemente y, en cuestión de minutos, la estancia se llenó de personas vestidas de blanco que actuaban como una maquinaria perfectamente sincronizaba. Los labios se movían delante de su cara a toda velocidad, mientras unos ojos del azul del mar la miraban preocupados, dejándola totalmente embelesada.

¿Por qué no conseguía escuchar ningún sonido?

Era como si sus sentidos sólo funcionaran al cincuenta por ciento.

El oído… fuera de combate.

El tacto… nada de nada, puesto que no se podía mover.

El gusto... funcionaba más o menos, pero con el sabor de boca que tenía, casi hubiera preferido que no fuera así.

El olfato... ¿ese hombre olería así de bien o también estaba fallando?

La vista. Por favor que no le fallara, no quería perderse ni un detalle de él.

La habitación comenzó a ponerse borrosa y la imagen del pelirrojo se fue borrando lentamente de su campo de visión.

No, no, nonononono.

Yyyyyyyyyyyyyy... vista deshabilitada.

***

Erika había estado esperando sentada sobre una de las banquetas de la barra del Hematology durante más de dos horas, antes de recibir un mensaje de Lola a su WhatsApp para que la esperara. Esta iba a pasarse con las llaves del local para cerrar el club, pues Carmen se encontraba un poco indispuesta.

Raro.

Era la primera vez en los años que llevaba trabajando en la empresa, que escuchaba que Carmen estaba "indispuesta" y se cerraba el local antes de tiempo.

Aquí había gato encerrado.

Aunque le carcomía la curiosidad y el estar con la incertidumbre le iba a costar caro a sus uñas, respetaría a Lola y no le presionaría para que le contara lo que estaba pasando.

El trabajo de su pareja conllevaba privacidad y ella no iba a permitir que ese fuera un hándicap en su relación.

Estaba distraída jugando al Candy Crush en su móvil, cuando sintió como unas conocidas manos femeninas le abrazaban por detrás y unos suaves labios la besaban justo debajo de la garganta, poniéndole la piel de gallina.

- Hola.

- Hola – Erika se mordió la lengua para no soltar el "¿Qué ha pasado?"

- Siento haberte dejado sola tanto tiempo.

- No importa, he pasado un montón de niveles – dijo señalando el teléfono.

- Me alegro que hayas aprovechado el tiempo – le dijo Lola sonriendo.

- Nos vamos ya. Los empleados se encargarán de cerrar.

Erika se bajó de un salto de su banqueta.

Iba mirando de reojo a Lola, mientras conducía en dirección al apartamento de Chelsea. Aunque intentaba disimular su estado de ánimo con sonrisas, cada vez que se daba cuenta que ella la estaba mirando, la sonrisa no le llegaba a los ojos.

Tenía que haber pasado algo grave, muy grave.

Llegaron a la puerta del apartamento y Erika se dio la vuelta en el asiento sin apagar el motor del coche.

- Nos vemos mañana – dijo mientras se inclinaba sobre Lola para besarla suavemente en la boca.

- Yo no puedo contarte más... - Lola se pasaba la mano por el pelo nerviosamente.

- No pasa nada – dijo –Erika sujetándola la mano – déjate el pelo o tendré que rapártelo para poder colocarlo.

- Gracias – dijo Lola volviéndola a besar.

- ¿Comemos mañana juntas en el Pote? – preguntó Erika.

- Por supuesto.

Lola la volvió a besar y bajó del Escarabajo para dirigirse a su apartamento.

Erika arrancó y se fue a su apartamento. Intentaría dormir las pocas horas que le quedaban hasta tener que levantarse para ir a trabajar.

Capítulo 15

Miguel respiró hondo mientras se recreaba observando la espectacular estación de Renfe de Toledo.

Esta era de estilo neomudejar y monumento declarado Patrimonio Nacional. Se quedó plantado, embebiéndose de la belleza de sus yeserías, azulejería, marquetería, hierro... era una de las estaciones más singulares de España.

Cuando por fin consiguió despegar sus ojos de tanta belleza, salió hacia la ciudad que le vio nacer, la llamada ciudad de "las tres culturas" Patrimonio de la Humanidad desde 1989.

Recorrió las inclinadas calles del casco histórico, deambulando y recreándose con cada rincón que le recordaba algún momento especial de su vida. Dio varias vueltas por la Plaza de Zocodover, punto de encuentro de las gentes de aquella ciudad y de los numerosos turistas que la abarrotarían en cuestión de horas, en cuanto la luz del día iluminara sus serpenteantes calles. Paso por delante de El Alcázar, ahora convertido en museo del Ejército, llegó hasta la plaza del Ayuntamiento y contempló los edificios que la conformaban. El

Ayuntamiento, Palacio de Justicia y la magnífica fachada de la Catedral. Quería despedirse de su ciudad como se merecía antes de que la luz del Sol hiciera su trabajo.

Le hubiera encantado recorrer esas calles en otras circunstancias. Como por ejemplo, cogido de la mano de Skule y, parándose en cada rincón oscuro de la ciudad para besarse, como hacen los amantes enamorados que tienen la suerte de ser correspondidos.

Paseó por el Barrio Judío, lamentándose de que todos los edificios estuvieran cerrados pues, le hubiera apetecido admirar las obras de El Greco pero, por desgracia, la iglesia de Santo Tome no estaba abierta a esas horas.

Llevaba deambulando por la ciudad más de dos horas cuando vislumbró el brillo del agua que serpenteaba rodeando la monumental ciudad. Avanzó a través del Puente de Alcántara parándose hacia la mitad de la construcción, para admirar el impresionante paisaje del Río Tajo.

Respiró hondo y, cerrando los ojos, hizo un repaso mental por los momentos más importantes de su larga vida.

Todo le pareció relleno, cosas sin importancia.

Excepto una.

El momento en que conoció a Skule.

Esa imagen la tenía grabada en su memoria a fuego. Recordaba cada detalle como si fuera ayer cuando la había visto detrás de la barra de aquel bar en Berlín. Realmente había quedado impactado.

Abrió los ojos con cuidado, pues la piel le estaba empezando a picar por la inminente aparición del amanecer por el horizonte.

Terminó el recorrido del puente hasta la orilla opuesta a la ciudad y bajó por los barrancos de tierra que llevaba al nivel del agua.

Sentándose en la orilla sacó su teléfono móvil del bolsillo de su chaqueta y lo encendió. No hizo ningún caso cuando el dispositivo comenzó a pitar como loco, anunciando innumerables mensajes y llamadas perdidas. Envió a su buen amigo Carlos el correo electrónico con sus últimas voluntades, que tenía guardado en la carpeta de borradores de su correo y le pidió que se despidiera de todos sus amigos y, sobre todo, que cuidaran de Skule por él.

Como si ella lo necesitara, era la mujer vampira más fuerte que había conocido en toda su vida y además, estaba Adrian…

Cuando el correo fue enviado volvió a apagar el teléfono y cerró los ojos esperando a que todo terminara.

***

Los pulmones se le iban a salir por la boca.

Skule corría a toda velocidad por las calles de Toledo. Había dejado a Tom, Stefan y los gemelos en un hotel, pues los vampiros estaban ya tan nerviosos por el inminente amanecer, que ya no pensaban con claridad. Su padre se había quedado refunfuñando por no poder acompañarla.

La puñetera manta, hecha con el mismo material del famoso traje para protegerse del Sol que llevaba en una mochila a la espalda, pesaba como un muerto incluso para una mestiza. A Tom, mientras esperaban en el aeropuerto de Nueva York, se le había ocurrido que tenían que llevarse ese material y Stefan se había acercado al taller a por ella.

Su padre no había consentido en separarse de ella en ningún momento pero, el Sol era otra historia.

Iba rastreando la sangre del vampiro lo más deprisa que podía, esperando que ningún madrugador humano se cruzara en su camino porque, sintiéndolo mucho, se lo llevaría por delante sin bajar la velocidad.

Recorrió el rastro de Miguel por toda la ciudad como si fuera un sabueso.

¡Joder!

Es que se había recorrido cada calle de la puñetera ciudad.

Por fin, cuando llegó al rio que bordeaba la ciudad, el rastro de la sangre se sentía más cerca. Skule miraba desesperadamente hacia todos lados desde la barandilla de un impresionante puente y, cuando al final fijo su vista hacia abajo, su corazón dejo de latir por unos instantes.

El primer rayo de luz apareció por el horizonte. Ella se colocó rápidamente sus imprescindibles gafas de sol sobre los ojos, mientras corría como nunca lo había hecho antes.

Cuando la parte del puente por donde se dirigía, pasó de estar sobre el agua a estar sobre la tierra, Skule lanzó su mochila sobre la barandilla.

Ojala le diera al tonto vampiro en toda la cabeza. Deseó en un arrebato de furia.

Dio un ágil y suicida salto detrás de ella, sin esperar a llegar al otro extremo, aterrizando elegantemente con las rodillas flexionadas justo al lado de la pesada mochila, que había caído a un metro de Miguel.

Sin decir una palabra se volvió a colgar la mochila, cogió a Miguel por las axilas y le arrastró hacia la poca protección que proporcionaban las columnas del puente. El enorme vampiro no se resistió en ningún momento y se dejó llevar con los ojos cerrados y una sonrisa de…

… en ese momento la palabra exacta que se le pasó a Skule por la cabeza fue gilipollas.

Cuando llegó al lugar más arrinconado de la construcción, apoyó a Miguel contra la pared y montó una especie de tienda de campaña con la manta sobre su cuerpo, sujetándolo con montones de piedras para asegurarse que no pudiera pasar los mortales rayos de luz.

Aunque ella podría pasar todas las horas del día fuera del improvisado refugio, decidió meterse con él. No se quería arriesgar, después de la que habían tenido que montar para salvarle, que en un arrebato Miguel se quitara la manta y se convirtiera en parrilla de vampiro.

Además, necesitaba sentirle cerca y poder tocarle. Aunque ella, gracias a la herencia de su querida madre, era algo fría a la hora de expresar sus sentimientos, ahora que el subidón de adrenalina estaba bajando de nivel, las piernas habían empezado a temblarle y no sabía si iba a poder mantenerse de pie por mucho tiempo.

Acunó la cara de Miguel con las manos en un posesivo arrebato. Este había empezado a decir incoherencias en español y, aunque el primer impulso era el de abofetearle, sus labios fueron directos a los de él y le besó vorazmente, como si aquel beso tuviera que ser el que borrara de su cerebro todas esas agónicas horas que había pasado pensando que no llegaría a tiempo para salvar la vida de su verdadero amor.

Ya le cantaría las cuarenta más adelante.

***

Ese sí que era un buen botín.

Nanna había vuelto a la estación para recoger de la consigna sus cosas. Llevaba varias horas persiguiendo al vampiro mientras este hacia turismo nocturno por la ciudad.

¿Es que no pensaba ir a su guarida nunca?

Se hospedaría en algún hotel y proseguiría con su investigación al día siguiente. Hasta dentro de una semana no tendría que acudir a la inexcusable cita con las brujas y no tenía otra cosa mejor que hacer hasta ese momento.

Así que, allí estaba ella, recogiendo sus cosas de la taquilla cuando fue consciente de que su hija estaba pasando a unos metros por detrás de ella.

¿Qué hacía ella allí?

Un ataque de ira la consumió por entero cuando comenzó a hilar todo los acontecimientos.

Ella había venido detrás de aquel vampiro, por eso estaba en el aeropuerto y ahora en España. Nanna sabía que aquella sanguijuela le recordaba a alguien, pero hasta ese momento no había caído en quien era.

El maldito doctor vampiro, del cual se había encaprichado su hija en Berlín y al que había amenazado de muerte para que ella no se fuera tras él como una estúpida enamorada.

Tenía que haber cumplido su amenaza y seguramente se hubiera evitado esta situación. No volvería a cometer el mismo error.

Metiéndose la llave de la taquilla de nuevo en su bolsillo, se dirigió hacia Skule con la intención de dejarla claro que, o se acogía a sus términos, o utilizaría lo que le quedara de vida para hacerle la suya imposible. Empezando por cobrarse la vida de todos los vampiros de Nueva York, incluido el doctorcito.

Estaba a punto de llegar a ella entre el mar de gente que salía del tren en el que, sin duda, había venido su hija, cuando se frenó en seco.

La muy traidora venia acompañada.

Su vampiro más odiado, iba tras Skule mirando a su alrededor como si fuera capaz de sacar las tripas a cualquiera que fuera la mas mínima amenaza para ella. La rabia más atroz hizo que se revolviera el estomago. Un siglo con ella y tan solo unas semanas con él y parecía decidido a ganarse el título de padre del año. Su odio hacia él subió exponencialmente y, si sus instintos no hubieran desvelando la presencia de los tres amenazadores vampiros que escoltaban a la fraternal pareja, se habría lanzado hacia ellos con las uñas por delante. Pero, la venganza la servían en plato frio y ella iba a comérselos a trocitos cuando llegara el momento.

Se dio la vuelta escabulléndose entre la multitud y, escondiendo su melena bajo la capucha de la horrible sudadera, se dispuso a seguirles.

Quedaban pocas horas para el amanecer y no tendrían más remedio que ocultarse en algún agujero.

***

Odiaba al Sol, realmente lo hacía.

Tom no había parado de pasearse nerviosamente por el apartamento del hotel en la que se habían tenido que refugiar sin más remedio. La luz del día no era una cosa con la que se pudiera negociar.

O te ocultabas o morías. Punto.

Su parte racional confiaba en ella totalmente y sabía que estaba lo suficientemente preparada para enfrentarse a cualquier eventualidad que se le pusiera por delante pero, su instinto protector de padre, del cual no había tenido noticias hasta hacía unas cuantas semanas, era otra historia. Ese hacía que controlara el GPS del teléfono móvil de su hija cada pocos segundos y estuviera ansioso por que ella hiciera la llamada que había prometido en cuanto lo tuviera todo controlado.

El GPS indicaba que Skule había corrido a toda velocidad por las calles de Toledo. Realmente era una guerrera, pensó Tom con una sonrisa orgullosa. El localizador llevaba unos cinco minutos parado cuando le llegó un mensaje de WhatsApp:

- "Todo OK"

Tom soltó con alivio todo el aire que, inconscientemente, estaba reteniendo en sus pulmones.

- "¿Cuando vienes?"

- "Cuando anochezca"

Tom, aunque inocentemente había esperado que Skule regresara en cuanto hubiera aclarado las cosas con Miguel. Se comió la partida e intentó no comportarse como un padre psicótico y entender los motivos por los cuales ella decidía quedase al lado de su pareja. Él haría lo mismo si estuviera en su pellejo.

- "Está bien. Ten cuidado"

Dejo su móvil sobre la mesa y miró a los tres vampiros que le miraban expectantes, desde el sofá de la sala de estar del apartamento con dos habitaciones que habían contratado, en el primer hotel con persianas en las ventanas que habían visto en la ciudad.

- Está todo, más o menos, controlado. Ella no vendrá hasta el anochecer así que haríamos bien en descansar un rato – dijo Tom mientras se dirigía hacia una de las habitaciones.

Los gemelos se dirigieron a la otra habitación. Tumbados cada uno en una cama y, como si les hubieran pulsado en un interruptor oculto, comenzaron a roncar a dúo en cuestión de segundos.

Stefan se había quedado frito en el sofá.

Después de mandar un mensaje al grupo y de hablar un rato con Marta, se dirigió hacia el baño para tomar una ducha que relajara sus tensos músculos.

Si en algún momento había pensado que podría dormir estaba siendo, como mínimo, demasiado optimista.

Graduó el agua lo suficientemente caliente para que le relajara sin escaldarse y se colocó debajo de la alcachofa apoyándose sobre el mármol y dejando que el cálido liquido corriera por su espalda. Le dolía todo el cuerpo por la tensión y, el llevar tantas horas separado de Marta, no ayudaba en absoluto. Cerró los ojos en un intento de relajarse e ir a su lugar feliz, el cual no era otro que unas sabanas revueltas y una sexi pelirroja con la piel brillante por el sudor.

¡¡CRASH, CRASH, CRASH!!

- ¡¿Qué coño…?!

Tom salió corriendo del baño con tan solo una toalla atada a las caderas, en dirección a la sala de donde llegaban los fuertes ruidos. Tuvo que frenar en seco cuando la luz del Sol le daño las retinas y le hizo retirarse hacia el pasillo siseando. La sala estaba totalmente inundada por los letales rayos y Stefan gruñía de dolor. Tom se acercó despacio, poniéndose una mano a modo de visera y vio como su amigo estaba tumbado bajo el sofá al que había dado la vuelta.

- Stefan – dijo Tom - ¿Puedes arrastrarte hasta el pasillo?

- Si. Joder que ha pasado – jadeo el ruso – me he achicharrado la mano.

- Las persianas ya no están en su sitio.

¡¡CRASH, CRASH, CRASH!!

Las persianas de la habitación de Tom desaparecieron de la ventana y el Sol entró a raudales. Saltó rápidamente y cerró la puerta de la estancia para proteger el pasillo. Stefan estaba ya a su lado y se lamia la mano en un intento de hacer cicatrizar las feas quemaduras que tenía.

Tom abrió la puerta donde dormían los hermanos, dos segundos antes de que la persiana de esa ventana también desapareciera. Los dos salieron disparados hacia el pasillo con una mirada de "¿qué cojones?" en los ojos.

- Necesito sangre – urgió el ruso.

- Está en la nevera portátil dentro de mi mochila, junto con mi ropa – contestó Tom.

- Joder - el ruso se rió sin pizca de humor – estamos jodidos.

Tom se envolvió el brazo con la toalla y tiró del teléfono que estaba en la salita, marcó el número de recepción y esperó a que le contestaran.

- Dígame señor, en que puedo ayudarle – contestó profesionalmente una amable voz.

- ¿Quién está arrancando las persianas de nuestro apartamento? – dijo Tom.

- ¿Perdón? – la voz ya no sonaba tan mecánica.

- Alguien ha arrancado una a una las persianas de este apartamento – repitió con una falsa calma.

- Un momento por favor – contestaron al otro lado.

El sonido de alguien tecleando rápidamente sonaba al otro lado de la línea, mientras un entrepito de cristales rotos tronó en la habitación donde hasta hacia unos momentos habían estado durmiendo los gemelos.

- Mantengan la calma por favor, estamos avisando a las autoridades...

- Esto no me gusta nada.

El olor que llegó a sus desarrolladas fosas nasales, era uno que no había olido desde hacía un siglo y que había esperado no tener que volver a hacer.

¡¡CLANG!!

Tom colgó el teléfono con algo más de fuerza de la necesaria y abrió la puerta del apartamento, mirando hacia cada lado del pasillo para asegurarse que no había ninguna ventana traicionera de camino hacia el ascensor.

Haciendo un gesto al resto del grupo, se afianzó la toalla de nuevo en las caderas y corrió hacia el ascensor mientras el resto le seguían. Según se cerraba la puerta de la cabina vio la cara de ella mirándole con odio.

Nanna, el ser mas odioso que había conocido en sus más de cien años de existencia.

***

Nanna había estado esperando a que el Sol inundara las ventanas del único apartamento en todo el complejo que tenía las persianas cerradas a cal y canto. En el momento que el blanco de los plásticos deslumbró sus nórdicos ojos, se encaramó a la terraza a donde daban y utilizó sus poderes para arrancar la protección de los repugnantes vampiros que se escondían dentro. Sabía que los responsables del hotel mandarían a los miembros de seguridad en el momento que se percataran pero, para cuando esto ocurriera, ella ya se habría ido dejando a los cuatro vampiros achicharrándose por la luz del Sol.

Con sus poderes había hecho que las cámaras de seguridad instaladas en los exteriores del edificio, solo estuvieran grabando una sombra borrosa, nadie podría identificarla jamás.

Cuando por fin arrancó la última persiana, descargó de su mano un fuerte golpe de energía, que hizo que el cristal de la ventana estallara en mil pedazos, lanzándolos dentro de la habitación en forma de metralla. Si había alguien dentro que pudiera resistir la luz solar, iba a salir bastante mal herido por los cristales. Esperaba no haberse equivocado de apartamento aunque, si era así, mala suerte para los que allí se alojaran. En todas las guerras había daños colaterales.

Entró en la habitación y el olor a vampiro que inundó todos sus sentidos fue la prueba que confirmó que no se había equivocado. Pero, por desgracia, allí no había ningún cuerpo en llamas.

¡¡MIERDA!!

Se dirigió corriendo hacia la puerta cerrada de la habitación y la abrió con cautela pues, lo único que la podía salvar del ataque de sus enemigos, era la luz del

Sol. Asomó la cabeza con cautela mientras mantenía todo su cuerpo dentro de la habitación justo para ver como un pie desaparecía rápidamente por la puerta que daba al pasillo.

La ira le nubló la razón y le hizo salir corriendo tras ellos sin pensar en las consecuencias. Cuando estaba a punto de cogerlos, unos azules ojos, idénticos a los de la mujer que había criado, la miraban con tanto odio que la dejó paralizada mientras las puertas del ascensor se cerraban en sus narices.

Cuando por fin consiguió recomponerse, comenzó a dar como una posesa a los botones del ascensor de al lado. Esa era una de las mejores oportunidades que se le habían presentado para acabar con su odiado vampiro y no iba a dejarla pasar.

Capítulo 16

Marta, sentada en la desierta sala de espera de la clínica, acabada de colgar el teléfono tras hablar con Tom durante un buen rato. No había querido contarle nada del drama que se había desatado allí con Michael, era lo suficientemente egoísta con respecto a su pareja, como para preferir que él tuviera la cabeza en su sitio mientras estaba a miles de kilometros de ella. Ya se lo contaría cuando la volviera a llamar diciendo que estaba en el aeropuerto con todo controlado. Les había pedido a todos que no hicieran ningún comentario en el grupo de WhatsApp y que, por supuesto, no les comentaran nada a ninguno de los que se habían ido a España.

Se guardó el móvil en el bolsillo trasero de sus vaqueros sonriendo mientras se acordaba de las reprimendas de Manuela cuando le veía hacer eso.

"Quítate eso del culo, o lo vas a perder".

Salió de sus recuerdos cuando el pelo se le revolvió por una ráfaga de viento.

¿Viento en un tercer sótano?

Raro.

Nunca hubiera sabido quien había producido la corriente, si no fuera por sus poderes de bruja, el aura de Carmen era tan oscura que se le revolvió el estomago por el fuerte estallido de todos sus instintos a la vez.

Movió la cabeza de la salida al aparcamiento, hacía el pasillo por donde había venido la vampira y viceversa, indecisa por cual dirección tomar. Al final decidió ser precavida y fue hacia el interior de la clínica con un mal presentimiento, que le hacía tener un nudo en el estomago. Cuando llegó a la habitación donde habían metido a Michael, se encontró a Carlos y Adrian arreglándola.

Parecía haber pasado un tornado por allí.

Marta, que había decidido dejar de sujetar sus indomables poderes con su voluntad, detectó que en la habitación había más de dos vampiros. Se acercó a la cama en donde acababan de tumbar a Michael y vio claramente las dos incisiones en su cuello.

Ninguno de los dos vampiros olía a sangre, así que no había que pensar mucho, para suponer quien había sido el artífice de la conversión de Michael.

La bruja que vivía dentro de ella, había detectado en muchas ocasiones los cambios en Carmen. La aparentemente alegre sevillana, no era para nada una mujer feliz y despreocupada como quería dar a entender a los demás. Su aura se volvía más que negra cuando alguien, especialmente del sexo contrario, hacia algún movimiento o gesto, en el que el sentido del tacto amenazara con estar involucrado. Marta alguna vez se había tenido que alejar de Carmen con cualquier excusa, por los calambres que le producía el estomago, el instinto empático con el que contaba.

Esa mujer vampiro tenía un trauma lo suficientemente fuerte, como para no haber podido superarlo en su larga vida y, aunque ella había hablado sobre eso con Jimena y las dos habían llegado a la conclusión de que no debían involucrarse, se estaba replanteando la decisión.

Salió hacia la calle y paró un taxi.

El cierre del club estaba siendo bajado por Lola, Erika y uno de los empleados en el momento en que Marta llegó a la puerta. Las chicas se acercaron a ella cogidas de la mano y Marta se dio una palmadita mental por comprobar que una de sus predicciones se había hecho realidad.

- Ya os vais – dijo Marta mientras se acercaba a ellas.

- Si – dijo Erika – ha sido una noche muy larga.

Lola tenía los ojos rojos y Marta no quiso decirle nada. Estaba segura que en el momento en que le preguntara por su estado, ella no podría contenerse más y se echaría a llorar. El encontrarte a tu compañero medio muerto en la carretera no era un plato que se dirigiera tan fácilmente. Más tarde la llamaría para ver qué tal se encontraba.

Dejó que las dos mujeres se fueran y se fue hacia el hombre que comprobaba los cierres.

- Hola Bob – saludó Marta.

- Buenos días Srta. Saavedra – Contesto el tipo educadamente.

- ¿Has visto llegar a Carmen? – pregunto Marta.

- Pues… - dijo con tono extrañado – verla no la he visto, pero su coche está aparcado de mala manera en la parte de atrás y con las llaves puestas. Iba a guardarlo en el garaje antes de irme. ¿Necesita algo?

- Pues es que la he estado llamando al móvil y no la localizo – mintió – y tengo que ponerme en contacto con ella.

- Seguramente estará en su apartamento – dijo Bob.

- ¿Por dónde?...

- Puedes llamarla desde la entrada del garaje.

Marta le siguió hacia la parte trasera y se montó en el asiento de copiloto del precioso Audi de Carmen. Bob cerró la puerta que le había sujetado amablemente y se fue hacia el lugar del conductor. Rodearon el edificio y cuando llegaron a la puerta y descendieron por la rampa a la planta inferior. Salió del coche y se dirigió hacia la única puerta que había en la enorme estancia. Todo el lugar estaba lleno de cajas de bebidas perfectamente ordenadas. Justo al lado de la puerta había un videoportero y Marta lo pulsó y esperó.

Nada.

Volvió a insistir.

Nadie contestó.

Bob esperaba pacientemente apoyado en el coche.

- Igual no está – dijo el hombre.

- Espera – dijo Marta mientras cogía su móvil.

Tecleó un mensaje en el WhatsApp de Carmen.

"Por favor ábreme"

"Carmen, por favor, solo quiero saber que estás bien y me iré"

Marta ya se iba a dar por vencida cuando la puerta se abrió. Entró despacio en el apartamento cerrando la puerta tras ella en las narices de Bob, pues, si seguía su intuición, sabía que a Carmen no le haría ninguna gracia que ningún hombre entrara en su hogar.

Recorrió la exquisitamente decorada sala de estar buscando a Carmen, pero ella no estaba allí. Se quedó alucinada admirando la estupenda colección de mantones de manila que decoraba todas las paredes de la estancia. Eran preciosos.

- ¿Carmen? - Llamó a la vampira.

El apartamento de Carmen era una estancia diáfana, con la cocina integrada a través de un mostrador. Marta no vio a nadie detrás de este y siguió hacia la única puerta que se veía al fondo.

- Hola – dijo Marta mientras abría la puerta un poco nerviosa.

Nadie le contestó.

Esta estaba entreabierta y fue a dar a una enorme habitación con una gran cama en el centro, hecha con la misma madera noble del resto de la vivienda. Continuó su avance hacia una de las dos puertas que había dentro de la habitación y abrió la primera que había. A Marta se le descolgó la mandíbula al ver el enorme vestidor que había tras ella.

- ¡¡MADRE DEL AMOR HERMOSO!! – Marta estaba flipando.

Allí había vestidos de todos los diseñadores que ella conocía y de algunos que ni sabía que existían. Esa colección de ropa dejaría en ridículo a la mayor de las coleccionistas de pret a porter de la historia. Se obligó a salir de allí y fue hacia la última puerta que le quedaba por revisar.

Abrió muy despacio, pues sus instintos la estaban dando tan fuerte, que estaba a punto de que se le doblaran las rodillas y caer al suelo sin sentido. El interior de la habitación estaba muy oscuro pero estaba segura que la vampira estaba allí. Entró encendiendo la luz.

Marta tuvo que echarse las manos a la boca para ahogar un grito, cuando vio la escena que se había desarrollado dentro del cuarto de baño.

***

Había abierto la puerta en el último momento, en un desesperado intento de agarrarse a cualquier cosa, para no seguir descendiendo hasta el fondo de ese pozo negro, en el que había vivido durante tantos años y que, jamás hubiera pensado, que tuviera más pisos hacia abajo hasta esa misma noche. Algún iluminado había dicho que, cuando tocabas fondo, ya no podías seguir bajando y sólo te quedaba ascender.

Mentira.

Siempre podías rebozarte en la mierda del fondo durante toda la eternidad.

Había llegado desde la clínica guiada por sus agudizados sentidos, no recordaba absolutamente nada del trayecto. Después de soltar su coche de cualquier manera, había entrado en su casa decidida a que nunca jamás ningún hombre se volviera a sentir atraído sexualmente hacia ella. Rebuscó por el mueble del cuarto de baño unas tijeras, pero las que encontró no eran lo suficientemente grandes para lo que ella tenía pensado. Salió a velocidad vampírica hacia la cocina y volvió igual de deprisa hacia el espejo del baño con un enorme cuchillo de cocina en la mano.

Los mechones castaño oscuro comenzaron a volar por toda la estancia, como si fueran las hojas de los arboles en un ventoso día de otoño en Central Parck. Cuando la sangre comenzó a manchar la hoja del cuchillo por los cortes que se estaba infligiendo en el cuero cabelludo paró y miró el resultado en el espejo. Aun con el pelo cortado a cuchilladas, su cara seguía siendo tan atractiva que seguramente seguiría habiendo hombres interesados en ella.

- Maldita sea tu alma – dijo a la imagen del espejo.

Levantó lentamente el cuchillo y se hundió la afilada punta en la frente, arrastrándolo hacia abajo mientras cortaba gravemente toda su cara hasta la barbilla. Siguió haciéndose cortes por el cuello, los brazos y el pecho mientras reía histéricamente. Cuando llegó a la muñeca, levantó la vista de nuevo al espejo. La herida de la frente ya había empezado a cicatrizar y, solo harían falta unas horas, para que cualquier rastro de ellas desapareciera y volviera a lucir la perfecta cara que volvía locos a los miembros del sexo masculino.

La única manera para que las heridas fueran más duraderas, era el no alimentarse de sangre y que la regeneración de su cuerpo fallara. Eso no iba a ocurrir, los instintos se impondrían a la razón y seria una amenazadora criatura que pondría en grave peligro a todos los que la rodeaban. No, no iba a exponer así a sus amigos.

Las nauseas se hicieron con el mando y tuvo que arrodillarse y meter la cara en el retrete.

Estaba sentada en el suelo del baño cuando el timbre comenzó a sonar, miró por inercia a la pantalla de su moderno teléfono móvil, que controlaba la instalación informática del sistema de seguridad de toda la propiedad, para ver quién era. Marta estaba en su garaje acompañada por uno de sus empleados. Bob debía estar muy preocupado, para dejar a nadie entrar en el garaje sin ni siquiera advertirla.

En un principio desestimo la idea de abrir la puerta, pero algo en su interior la hizo cambiar de idea y pulsó el código para abrir. Estaba claro que sus decisiones de décadas no habían servido de nada, igual tenía que cambiar su plan de obviar su pasado y de *"a mí no me ha pasado nada"* y dejar que su mierda fluyera hasta que saliera de su cuerpo por completo o, por lo menos, en parte.

Igual, la mujer que llamaba a su puerta, milagrosamente, era el detonante para que aquello pasara.

***

Frustración.

Ese era el sentimiento más fuerte de todos los que le estaban invadiendo el cerebro.

Michael sentía como si alguien le hubiera robado de entre los labios el manjar más preciado y no pudiera hacer nada para recuperarlo.

Maldita pesadilla, esa noche se había tenido que pasar con el escocés más de la cuenta para que no ser capaz de separar los sueños de la realidad. Aunque había algo que no cuadraba en la escena en lo más mínimo.

¿Dónde estaba el tremendo dolor de cabeza?

¿Y las ganas de vomitar?

Abrió los ojos despacio, con miedo a que le reventaran en el momento que la luz le azotara las retinas.

Nada que pudiera considerarse doloroso, todo lo contrario, se encontraba extrañamente bien. Excepto por una pequeña molestia en la boca y en la garganta.

Demasiado hielo en la bebida.

Se levantó de la cama y en ese momento fue cuando se dio cuenta de que no estaba en su habitación. Miró hacia alrededor sintiendo como si las cosas se vieran de forma diferente, más nítidas. Era como cuando cambió su viejo televisor de tubo de imagen, por una modernísima pantalla plana de esas que se pueden colgar de la pared.

Escaneó con sus extrañamente agudizados sentidos el lugar.

Eso debía ser la clínica de Miguel.

¿Por qué había tanta luz, si ninguna de las bombillas de la habitación estaba encendida?

Joder. Tenía que haberse cogido una buena la noche anterior para haber terminado allí.

Ya tenía la mano en el pomo de la puerta, cuando escuchó que alguien salía del cuarto de baño anexo a la habitación.

- Hey amigo ¿Dónde crees que vas? – Carlos le miraba con ojos escrutadores.

- Pensaba pedir el alta voluntaria – contestó – e irme a

trabajar o mi compañera pedirá cambio de departamento.

- Ya.

- Ya ¿Qué?

- No tienes ni idea de lo que paso anoche ¿verdad? –
Carlos se acercó despacio.

- ¿Me pase más de la cuenta? – preguntó Michael.

- Podría decirse que sí.

- Ya.

- Si, ya – Carlos se paró a una distancia prudencial -
¿te sientes extraño?

- Extrañamente... bien.

- Aja – Carlos seguía su escrutinio.

- Jefe, me estas poniendo de los nervios.

- ¿De verdad no te acuerdas de nada de lo que ocurrió
anoche?

- Bebí, tuve una horrible pesadilla y me he despertado
en una habitación de la clínica. ¿Se me olvida algo?

- Siéntate por favor, tengo que hablar contigo - Carlos
se sentó en la butaca junto a la cama.

Michael se apoyó en la cama y miró a su amigo y jefe.
Este estaba intentado contarle algo que debía de ser
sumamente importante, para que el templado vampiro no
encontrara las palabras para empezar.

Capítulo 17

¡¡HIJA-DE-PUTA!!

Esas tres palabras que definían perfectamente a Nanna, le iban rebotando en su cerebro insistentemente mientras descendía, junto a los demás vampiros, en el interior del ascensor del hotel.

Tom habían pulsado el botón del Spa del establecimiento. Este se encontraba en los sótanos y, en ese momento más que la loca bruja rubia, su mayor enemigo era el Sol.

Sin la luz de la maldita estrella, ellos podrían defenderse sin ningún problema.

Cuando se abrió la puerta del ascensor, el olor a cloro y a aceites esenciales, inundaron su sentido del olfato. Esto sería muy agradable para los humanos pero, para una panda de vampiros con los sentidos tan desarrollados, era como si les fumigasen en las fosas nasales con matamoscas.

Tom se ajustó la diminuta toalla que le cubría lo justo y pasó al oscuro espacio.

Por suerte era la hora en que el hotel organizaba las visitas guiadas por la ciudad y no había nadie dentro del Spa.

Los gemelos recorrían todo el lugar para cerciorarse de que allí no había nadie.

Stefan estaba sentado junto al foso de agua fría con la mano metida dentro.

- Aquí estamos a salvo del Sol – dijo

- Eso parece – contesto Tom, mientras miraba hacia todos lados – pero no me fio de Nanna. Es capaz de cualquier cosa.

- Ya me he dado cuenta – dijo mientras sacaba la mano del agua y la volvía a meter con gesto de dolor.

El sonido del ascensor poniéndose en movimiento cortó la conversación.

Los cuatro se miraron y, sin decir una palabra, salieron hacia el pasillo.

Tom se plantó delante de las puertas en posición de ataque, mientras los otros tres vampiros se posicionaban detrás de él, dispuestos a afrontar cualquier cosa que saliera por esas puertas.

Los números rojos de la pequeña pantalla iban descontando según descendía la cabina.

1

Bajando.

0

Muy al contrario de lo que la razón diría, Tom deseó que la cabina siguiera bajando. Ya era hora de que la bruja y el saldaran cuentas.

Yyyyyy, deseo concedido.

-1

El ascensor se detuvo y, después de un sonido metálico, las puertas se abrieron.

Tom saltó al interior seguido por los demás, con los colmillos extendidos y un grito de guerra. Esperaba que dentro estuviera Nanna pues, como por el contrario, dentro de la cabina hubiera alguien que hubiera bajado a relajarse en el Spa, se iba a llevar un susto de muerte.

Aunque eso lo solucionarían rápidamente con una limpieza cerebral, el susto del momento no se lo iba a quitar nadie.

Tom frenó en seco, haciendo que los demás se chocaran brutalmente contra su espalda. El ascensor estaba desierto como cuando ellos habían salido de él. Tom miró hacia arriba, no fiándose de que Nanna estuviera encaramada al techo.

No había nadie.

Miró hacia cada lado de la cabina esperando que ella saltara en cualquier momento desde cualquier rincón.

Unas letras garabateadas con carmín de labios, resaltaban en el espejo que había en el lado izquierdo del ascensor. Todos se quedaron paralizados cuando leyeron lo que significaba todas esas palabras juntas.

Stefan leyó en voz alta.

"Gracias por toda la información que almacenas en tú teléfono móvil. Espero que hayas disfrutado de tu corto periodo de paternidad."

Tom se quedó congelado mientras oía de la boca de su amigo, lo que él estaba leyendo al mismo tiempo.

Fue totalmente consciente de lo que pretendía Nanna.

No había borrado la conversación de Whatsapp que había mantenido con Skule y ahora ella corría peligro de muerte por su descuido.

Skule tenía el peor padre de la historia.

Y la madre mas…

HIJADEPUTA-HIJADEPUTA-HIJADEPUTA…

Las palabras comenzaron a rebotar de nuevo en su cerebro.

- ¿Alguno tiene su teléfono encima? – Tom farfulló las palabras mientras se hería el labio con los colmillos.

Todos se miraron palmeándose los bolsillos.

¡MIERDA!

***

Si él hubiera sido consciente de lo que le esperaba después de la muerte, se habría suicidado hacía mucho tiempo.

Le importaba un bledo si la realidad de ese momento era producida por su cerebro, pero el tener a su amada compañera comiéndole a besos, era algo que no se podía haber imaginado ni en el más perfecto de sus sueños.

Miguel se dejó hacer, abriendo sus brazos y permitiendo que la perfecta mujer que tenia montada sobre su cuerpo tomara el mando.

Ella le besaba vorazmente, con un hambre que le era desconocida por el ansia con que le poseía. Le recorría todo su cuerpo con las manos, palmeando, como si ella quisiera comprobar que no le faltaba ninguna parte y que todas estaban situadas en el lugar correcto.

La idea de que Skule se comportara tan posesivamente con respecto a él, le hacía pensar que aquello no era la realidad, si no un perfecto sueño que su cerebro le había fabricado para que pasara el trance de la vida a la muerte de una manera más llevadera.

La muerte siempre ha sido un gran misterio, pues nadie volvía para contar lo que había sentido en el proceso. Él había escuchado a numerosos pacientes decir que veían a sus madres justo antes de apagarse del todo, pero el Doctor siempre había pensado que era lo que ellos querían ver.

Una madre es la figura de protección, que todo ser humano tiene desde el momento de su nacimiento y esa debía de ser la razón por la cual era tan recurrente.

Para él la figura materna era totalmente desconocida. Su madre había muerto cuando él era un bebe y no la recordaba en absoluto, aunque la segunda mujer de su padre le había cuidado adecuadamente, para ella había sido como cualquier otra tarea del hogar, al nivel de cuidar el jardín o cocinar. Por eso, seguramente, había sido substituida por la imagen de su compañera de vida, de ella, la única con la que él podría y querría estar, para que le ayudara a cruzar la línea que separaba la vida de la muerte.

Skule.

El toque de la lengua de ella, recorriendo la arteria que recorría su cuello fue demasiado para él y no pudo hacer otra cosa que abrazar el musculoso cuerpo de ella y tomar el control.

Miguel rodó sobre sí mismo, dejando a su compañera enterrada bajo su cuerpo. El sabor de su piel embargó todos y cada uno de sus sentidos, haciendo que nada de lo que pasara fuera del oscuro agujero donde estaban metidos, tuviera la menor importancia para él. Metió la mano por debajo del suéter de ella, atrapando su pecho y acariciando el endurecido pezón con el pulgar. Miguel siguió bajando la mano hasta llegar a la cinturilla de pantalón y, desabrochándolo de un tirón, llegó hasta la suave piel de su pubis. Su amante gemía y se retorcía debajo de él, moviendo las caderas e incitándole a que llegara al punto de su placer. Miguel hundió los dedos entre los suaves pliegues femeninos y masajeó el clítoris, deleitándose con los eróticos sonidos de placer que salían de su boca, endureciéndose dolorosamente sólo con la imagen de la excitación de ella. Un cosquilleo se introdujo en su cerebro, implantándole una orden que él no iba a cuestionar.

Muérdeme.

***

No había podido evitar dejarse llevar por el deseo.

Todos esos días de tensión, de miedo por no poder llegar a tiempo para salvar a su compañero, le habían hecho estallar y se había dejado llevar por el deseo. Las caricias hechas con las manos correctas eran el más exquisito placer y ella en ese momento necesitaba sentir el toque de Miguel. Los dedos de él acariciaban su sexo y la volvía loca. Ella deseaba tocarle y devolverle el favor con sus propias manos, pero estas estaban ocupadas sujetando la manta que les cubría y que era la única cosa que en ese momento protegía de una muerte segura a su amante.

Un deseo irrefrenable de estar dentro de él la hizo desear que los colmillos de su compañero se clavaran en su garganta y su sangre corriera por las venas de él.

Convirtiéndose en dos partes de un todo.

Inseparables.

En el momento en que los colmillos de Miguel penetraron en su arteria y su sangre comenzó a manar en la boca de él, el más inmenso placer la envolvió desde los dedos de los pies hasta el último cabello de su cabeza

Skule sintió que Miguel soltaba su cuello y, justo después de que este sellara las dos incisiones con su saliva, la parte racional de su cerebro se desconectó y se hizo cargo de sus acciones su lado más salvaje. Con un rápido movimiento cambio las posiciones poniéndose sobre él mientras rujia como una pantera, desplegó sus colmillos clavándoselos en la garganta sin ningún miramiento haciendo que la sangre saliera a borbotones hacia su boca, haciéndola tragar a toda velocidad para no atragantarse. Desclavó los colmillos y lamio la herida sellándola y agarrándole del pelo, le cambio la cara de posición, exponiendo la otra parte de su garganta. Se lanzó sobre la arteria con los dientes expuestos como una cobra y comenzó a alimentarse con voracidad.

Una pequeña parte de su cerebro le decía que estaba siendo demasiado salvaje con su amante, pero no podía hacerlo de otra manera. Estaba tan enfadada con todo el mundo, que tendría suerte si no le arrancaba alguna parte vital de su cuerpo. Aunque, por los sonidos que salían de su boca, él estaba totalmente de acuerdo con el trato. Debía de estar al borde del orgasmo más salvaje de su vida.

Ella tragó, tragó y tragó mientras se restregaba contra la ingle de Miguel, excitándole y excitándose ella misma. Los dos se movieron al unísono, frotándose el sexo de uno contra el del otro, hasta que el enorme cuerpo que tenía debajo se arqueó, mientras un enorme gruñido salía desde su pecho, corriéndose salvajemente.

Los dos se quedaron laxos, uno encima del otro, mientras respiraban trabajosamente.

- Si esto es la muerte, me ha debido de tocar el Paraíso – dijo Miguel entre jadeos.

- ¿De qué hablas? – dijo Skule mientras le besaba la mejilla.

- He muerto y estoy en el Paraíso – repitió.

- Aquí nadie ha muerto todavía – Skule le miraba extrañada – aunque no sé lo que ocurrirá cuando todos tus amigos te pongan las manos encima.

- ¿No estoy muerto? – susurro Miguel.

- No

- ¿Y dónde estamos? – dijo palmeando la manta que les protegía del Sol.

- Debajo de un puente, a la orilla del rio Tajo, protegidos por una manta inventada por mi padre.

- ¿En serio? – Miguel la miraba extrañado - ¿Has venido a por mí?

- Si.

- ¿Por qué?

- Porque eres un estúpido que no ve más allá de sus narices. Pero…

- ¿Pero?

- Te amo.

Skule dijo las dos palabras muy bajito. Ella era una guerrera nórdica y el admitir sus sentimientos era como perder sus armas delante del enemigo.

Una debilidad.

***

Nanna podía ser muchas cosas. Pero no estúpida.

Cuando fue consciente de que los vampiros se dirigían al sótano del hotel, su primer instinto fue perseguirles para darles muerte.

Si solo hubiera sido Tom lo habría hecho sin duda pero, con cuatro chupasangres, las tornas se inclinaban demasiado hacia ellos y no iba a dejarse matar por un calentón.

Habría más oportunidades.

Entró corriendo al apartamento a ver si había algo que pudiera utilizar para localizar a más vampiros. Daría toda la información a las malvadas brujas con las que se había aliado e intentaría que siguieran la persecución que ella había comenzado, hacia tantos años y que tan buenos frutos habían conseguido con ella.

Nada más entrar en el apartamento, escuchó varias botas corriendo por el jardín. Los de seguridad habían llegado y ella no tenía ninguna intención de dejar que la sorprendieran. Cogió un teléfono móvil que había encima de la mesa del comedor y arrastró el dedo por la pantalla. La imagen de la mediocre bruja pelirroja, apareció sonriente en la pantalla. Esa odiosa mujer era la que había disparado a su hija, desatando todo el drama posterior. Ya llegaría su momento.

Abrió el WhatsApp y allí, en portada, estaba una imagen de su malograda hija. Posó el dedo sobre el nombre y comenzó a leer la conversación, mientras salía por el pasillo en dirección al ascensor.

Nanna decidió pasar al plan B.

Entró en el ascensor, bloqueando la puerta con su bolso y escribió un mensaje en el espejo con su pintalabios para el vampiro que tanto odiaba. Cuando terminó recogió su bolso y se escabullo utilizando las escaleras.

Se colocó su túnica cubriéndose la cabeza y se dirigió hacia el punto en el que todo iba a ser decidido.

El puente sobre el rio Tajo.

Capítulo 18

Sed.

No una sed normal.

Eso era algo tan intenso, que no se podía definir con esa simple palabra.

La garganta le ardía de tal manera, que podría decir que si abría la boca y rugía, saldría de allí una llamarada como si fuera una criatura mitológica.

Carlos le miró y, con un gesto de comprensión, se dirigió hacia una pequeña nevera que estaba situada junto al material clínico. Abrió la puerta y sacó dos botellas opacas, de las que Michael estaba acostumbrado a ver beber a todos los vampiros que conocía. Él sabía perfectamente el líquido que contenían.

Carlos se acercó a él y le tendió una.

- Sabes que a estas horas siempre he preferido un café bien cargado – dijo levantando una ceja.

- ¿Recuerdas algo de lo que paso ayer por la noche? – El enorme vampiro le miraba directamente a los ojos.

- No demasiado, pero seguro que la cagué – Michael, avergonzado, miró hacia otro lado - ¿Cómo de grave ha sido?

- Depende – contestó Carlos en un susurro mientras abría su propia botella y daba un trago.

Un olor metálico llegó a sus fosas nasales haciendo, si eso era posible, que la sensación de quemazón en su garganta se intensificara.

Las encías le dolían como si alguien, inexistente para sus sentidos, se las estuviera rajando con una navaja. Sintió que algo que antes no había estado allí, se hacía hueco dentro de su boca.

Instintivamente tocó con la punta de su lengua, lo dos objetos que le impedían cerrar la boca por completo y sintió una punzada.

El sabor de su propia sangre le colapsó los sentidos.

El latido del corazón del único ser vivo que había en la habitación, tronaba en sus oídos como un tambor y el sonido de la sangre fluyendo por la arteria de la garganta de su jefe, se le implantó en el cerebro.

Todo se volvió negro y un feroz impulso le hizo atacar, lanzándose hacia la fuente de vida que era la palpitante vena.

***

Todo ocurrió tan rápido que apenas pudo reaccionar.

Carlos estaba preparado para eso pero, al ver a Michael tan controlado, había bajado la guardia como un inocente humano.

Al ver los ojos rojos del neófito vampiro, había cogido instintivamente unos botellines de sangre de la nevera de la habitación. Pero, con la extraña situación en la que se encontraba, no se había dado cuenta y había abierto su bebida dándole un largo trago, sin percatarse de que Michael ya no era el humano que se daba media vuelta, para evitar verles alimentarse.

El enorme vampiro en que se había convertido Michael, colisionó contra él con la fuerza de un camión de ocho ejes, los colmillos completamente extendidos y los ojos rojo sangre.

Carlos se estampó contra el carro de material, armando un enorme entrepito metálico y clavándose un bisturí en el muslo. En el momento en que un chorro de sangre salió de la herida de la pierna, Michael cambio velozmente la mirada hacia ella, lanzándose con un salvaje gruñido hacia la fuente de sangre que salía de allí.

Carlos no perdió el tiempo intentando razonar con su amigo él, por experiencia propia, sabía de sobra que en esos momentos sería inútil.

Levantó fuertemente la rodilla, propinando un fuerte golpe en la nariz de su atacante. Un desagradable crujido le indico que el tabique nasal había salido mal parado y el descontrolado vampiro se echó hacia atrás, mirando hacia todos lados con ojos de pánico.

- ¡¡Dios Carlos!! No sé qué me pasa.

- Bebe la botella y hablaremos cuando te sientas más controlado.

Carlos se sacó el bisturí de la pierna, taponándose con una toalla para que la sangre no manara a la vista de Michael.

La puerta se abrió en ese momento y un alterado Adrian entró acompañado de Mary, la enfermera jefe.

- ¿Qué está pasando aquí? – grito el mestizo.

- Nada, nada, tranquilo – Carlos le quitó importancia.

Adrian se acercó a Michael al ver la sangre en su cara y cuando se dio cuenta de lo que estaba pasando se frenó en seco.

- ¿Se ha bebido una dosis de la nevera? – dijo mirando a Carlos.

- Estamos en ello – Contestó Carlos.

- Primero te la bebes y luego te veo la nariz – Adrian se echo hacia atrás.

Michael miró de uno en uno a todos los miembros de la habitación y después a la botella que tenía en la mano. Y ya no hizo falta que nadie le explicar nada.

Carlos vio como la mirada de Michael pasaba de la confusión a la comprensión.

-   Bebe – le instó

Michael levantó la mano y se trago todo el líquido rojo que había en la botella.

***

La bombilla se le encendió, en el mismo momento en que sus labios se posaron en la boca de la botella y el exquisito elixir bajó por su garganta.

Terminó su bebida en pocos segundos y, bastante más calmado, enfrentó a los vampiros que le miraban expectantes.

-   La primera cuestión ya la tengo clara – dijo – ahora ¿quién me va a aclarar lo que ha pasado hasta llegar a este punto?

-   Tuviste un grave accidente con tu moto – comenzó Carlos – Lola te encontró prácticamente muerto en la cuneta.

-   Fue imposible reanimarte – se disculpó Adrian.

Michael miraba hacia todos lados, intentando procesar la información que estaba recibiendo.

Él recordaba el haber estado en el Hematology y después, haber salido de allí, con la intención de quemar ruedas por las carreteras secundarias que frecuentaban la mayoría de los moteros de la ciudad.

Aunque, normalmente, esas rutas estaban mucho más transitadas los fines de semana por la mañana. No un día de diario a las tantas de la noche.

Michael comenzó a recordar lo acontecido la noche anterior, principalmente, de cómo había salido del club huyendo de la vergüenza que le producía el ser un maldito borracho a los ojos de Carmen. La situación le ahogaba y necesitó que el frio aire de la noche le diera en la cara para intentar aclarar sus ideas y esa fue la razón por la que decidió no ponerse en casco en la cabeza.

Había sido un maldito imbécil.

Recordó como un venado de cola blanca típico de las montañas Adirondacks, saltaba a la carretera, justo cuando él iba tumbando en una cerrada curva, a algo más de velocidad de lo que sería recomendable en ese punto. Intentó rectificar la trazada pero la moto comenzó a dar vueltas de campana descontroladamente, empotrándose contra una roca de la cuneta.

A partir de ahí todo se volvió oscuro.

Lo siguiente que recordaba era algo más parecido a un sueño que a la realidad. O al menos eso había pensado él hasta ese momento.

- Carlos – dijo susurrando – quien me ha convertido.

Los vampiros se miraron unos a otros, sin saber si sería bueno decirle la verdad en ese punto o no.

- Carlos…

- Ummm – dudó su jefe – no creo que eso sea algo importante en estos momentos.

- ¿Has sido tú? – preguntó

- No.

Michael supo en ese momento que todo lo que había soñado en las últimas horas, no había sido producto de su imaginación. Carmen le había salvado la "vida" y él le había atacado como un maniaco adicto.

Adicto a la sangre de ella.

***

Carmen lloró cuando la pequeña mujer pelirroja a la que, sorprendentemente, se acababa de dar cuenta de que consideraba una amiga, se agachó junto a ella y la abrió los brazos invitándola que se desahogara.

Se agarró desesperadamente a aquel consuelo, dejándose llevar por la marea de sentimientos que la embargaban, sacando de su interior todo el sufrimiento que había dejado encerrado y que la estaba envenenando poco a poco desde hacia tantos años. Un cosquilleo recorrió todos sus músculos relajándolos, aunque el llorar era una conocida terapia para desahogarse, Carmen sabía que Marta estaba utilizando su magia para ayudarla en el proceso.

La meiga tenía poderes que ni ella misma sabia y que utilizaba instintivamente cuando la situación así lo requería.

Pero, sobre todo, era una buena amiga dispuesta a escucharla, a darle todo su apoyo y cariño de lo cual Carmen, en esos momentos, se sentía completamente necesitada.

Se sobresaltó al notar la mano de Marta en su espalda. La pelirroja, al sentir su estremecimiento la retiró inmediatamente. Carmen se admiró del valor que demostraba la mujer.

Ella, junto con los de su especie, era considerada uno de los depredadores más peligrosos que existían en la faz de la tierra. Sumándole que en ese momento de vulnerabilidad, todavía se volvía mucho más letal, era de admirar la valentía de la humana que la sujetaba entre sus brazos.

Cuando por fin consiguió calmarse lo suficiente, encaró a Marta.

- Lo siento – dijo entre sollozos.

- No hay nada que sentir – le contestó.

En un rápido movimiento, se incorporó y una cascada de mechones de cabello castaño oscuro flotaron hasta el suelo. Carmen miró el montón que había formado y se volvió para enfrentar al espejo.

- Madre mía la que me he liado – dijo con los ojos como platos – parezco una gallina "desplumá"

- ¿Pues sabes lo que te digo? – dijo Marta poniendo los brazos en jarras.

- ¿Qué? – contestó sin quitar la vista del espejo.

- Que te queda bien – soltó la pelirroja.

Carmen explotó en un ataque de risa, al que Marta se unió sin poder evitarlo.

Al cabo de un buen rato consiguieron serenarse y se quedaron mirando todo el lio que había en el cuarto de baño de la vampira.

- Carmen – dijo Marta - ¿Quieres que te arregle el corte?

- Yo…

- Tú decides.

- Está bien – dijo dudosa – pero, por favor, si te digo que pares, hazlo inmediatamente.

- Por supuesto.

Carmen miró como Marta se quitaba el inmenso bolso bandolera que llevaba colgado y lo colocaba encima del mostrador del baño. Después de hurgar dentro durante un buen rato, sacó un pequeño neceser, del cual extrajo un peine y unas tijeras de cortar el pelo. Alcanzó un taburete, lo plantó delante del espejo y dio unos golpecitos para que Carmen se sentara.

- Hala, vamos a ver qué podemos hacer con la gallina Caponata – dijo la peluquera.

Marta tocó el pelo de Carmen con sumo cuidado. La vampira se dio cuenta como ella tuvo que disimular un gesto de sorpresa, por el extremadamente suave tacto de su pelo, no la podía culpar, eso siempre había sido así.

Su maldito pelo siempre dejaba a la todo el mundo impresionado.

La peluquera siguió con la rutina profesionalmente. Colocó el peine bajo el grifo y, con sumo cuidado, fue mojando el cabello de Carmen. Los mechones mal cortados se fueron deslizando por sus dedos.

Carmen cerró los ojos y se fue a su lugar feliz. Ayudándose con la respiración a relajarse, mientras dejaba que alguien que no era ella le tocara el pelo.

Volvió a la realidad después de un buen rato. No sabría decir, si su amiga acababa de terminar, o hacía dos horas de ello pero, cuando abrió los ojos, Carmen comprendió porque Carlos había contratado a Marta sin pensárselo.

El corte era impresionante, no se notaba nada los trasquilones que se había hecho ella misma con el cuchillo de cocina.

Marta le dejó el pelo muy corto y despuntado, era el corte que mejor le disimulaba la escabechina que se había liado.

- Estás guapísima Carmen – dijo Marta que la observaba sentada en el borde de la bañera.

- Muchas gracias – dijo susurrando – por todo.

- Siempre que lo necesites – contestó la pelirroja.

Las dos sabían que no solo estaban hablando del corte de pelo.

Carmen no se lo podía creer, pero no había sentido en ningún momento la necesidad de huir y, lo que era más insólito, no había tenido la tentación de ordenarla que parara.

Ese salvavidas que le acababa de mandar el destino en forma de amiga, iba a ser algo crucial para intentar salir del maldito pozo.

**

Malditas hormonas.

Jimena colgó el teléfono y se enjuagó las lágrimas de los ojos.

Todos los días la misma historia. Cada vez que cortaba la llamada diaria con sus padres, estaba llorando como una magdalena.

Estaba en su sexto mes de embarazo y la tripa le iba a estallar, no sabía cómo terminaría esto pero, como siguiera así, el último mes iba a tener que ser transportada en carretilla.

Deambulo por la casa y, como siempre, terminó delante de la nevera admirando el panorama.

- Nos vamos a portar bien Manuel – dijo – mientras sacaba una mandarina del cajón de la fruta.

Su vientre se contorsionó por la voltereta de su hijo neonato.

- Ya sé que está más rica la Nocilla, pero mamá quiere poderse poner su ropa después de que nazcas.

Después de pelar la fruta en la cocina, se fue desgajando la mandarina hacia el sofá del comedor.

Un tremendo escalofrío recorrió su columna vertebral, haciendo que se le cayera todo al suelo. Algo no estaba bien con Carlos. Su nuevo instinto le indicó que este estaba en la clínica y salió corriendo hacia el ascensor para dirigirse hacia allí.

Llamó al videoportero y tuvo que esperar algo más de lo que era habitual para que alguien la abriera.

Cuando la puerta se abrió, ella entro como un cohete.

La recepción estaba desierta, Jimena miró hacia ambos lados del desierto pasillo buscando a alguien.

Se adentró hacia donde sentía la presencia de Carlos. Oía voces conocidas detrás de la puerta, entre las que reconoció la de su marido. Abrió despacio y no pudo reprimir un grito cuando vio a Carlos tumbado en una camilla, sangrando profusamente por el muslo, mientras Adrian le curaba la herida ayudado por Mary.

- ¿Qué ha pasado? – dijo mientras corría hacia él.

Todo ocurrió tan deprisa que Jimena se quedó paralizada. Carlos saltó de la camilla, sin importarle lo más mínimo, rasgarse la piel con el material que estaban utilizando sobre él los sanitarios y la arrinconó en la esquina de la habitación poniendo su cuerpo de escudo.

Todo se quedó en un silencio sepulcral.

Jimena miró por el hueco del brazo de su marido. La sala parecía el museo de cera, nadie se movía lo más mínimo, ella estaba por jurar que ni siquiera respiraban. Mary tenía una aguja de sutura en la mano y Adrian había soltado el material para abalanzarse sobre la otra camilla que había en la habitación y se había quedado como una columna de granito, empotrando contra la pared a la persona que estaba allí sentada.

Por fin pudo distinguir a quien pertenecía el cuerpo que casi hace un boquete en la pared de la habitación y, si eso era posible, todavía estaba más confusa.

- ¿Qué ha pasado? – dijo contra la dura espalda de su marido.

Nadie contestó.

- Que alguien me explique qué coño pasa aquí o voy a empezar a dar gritos como una loca – cambio de humor al canto.

Carraspeos.

- ¿Qué le pasa a Michael?

- A tenido unos problemillas… - Carlos comenzó a hablar.

- ¿Problemillas? Carlos no me tomes por estúpida – dijo empujándole inútilmente – ya no huele como antes.

- Jimena, por favor, ahora nos vamos a ir de aquí muy despacio y te lo explicare todo en casa.

Mira que la jodía que la tratara como a una niña. Si fuera cualquier otra persona, ahora mismo estaría poniéndole a

263

caldo pero, a él, odiaba discutir. Aunque tenía claro que él lo único que intentaba era protegerla, no le iba a consentir de ninguna de las maneras, que la excluyera de los acontecimientos por muy negativos que fueran, que ocurrían en su círculo más cercano.

- Está bien – cedió Jimena.

Michael era mucho más amigo que empleado, y ella, embarazada o no, quería estar al día de lo que le había pasado.

Echó una última mirada a hacia el otro lado de la habitación, Michael tenía los ojos totalmente rojos y se agarraba a la camilla con tanta fuerza, que se iba a quedar con el trozo en la mano.

¡Ups!

Capítulo 19

Zzzzzzzzzzzzzzzzzz

Skule sintió que la cabeza le vibraba.

Después de la sesión de "edredoning plomado" se había quedado dormida con la cabeza apoyada sobre su mochila. La mano de Miguel acariciando su espalda había sido como una canción de cuna.

Zzzzzzzzzzzzzzzzzz

Abrió los ojos, siendo consciente de donde se encontraba y de que su teléfono iba a explotar.

Miró a su acompañante que la observaba con gesto de deseo en los ojos.

- Hola – dijo Skule.

- ¿Eres real? – preguntó él.

- Eso parece. Aunque todo depende a quien le preguntes.

Skule se contorsionó para coger el teléfono y, en ese momento, fue consciente de que lo contento que estaba de verla su compañero. Este siseó por el contacto y le hundió la nariz en la garganta deleitándose con su aroma.

Skule descolgó la llamada, despistada por las acciones de Miguel, sin percatarse de la información de la pantalla.

- Digam… mmmm – el toque de la lengua de Miguel en su garganta la hizo gemir.

- ¡¡SKULE!! – la voz de Tom tronó al otro lado de la línea.

- Hola.

- ¡¡ESTÁIS EN PELIGRO!!

- ¿Perdón?

- ¡¡NANNA SABE DONDE ESTÁIS Y VA PARA ALLÁ!! – un ruido como de echar monedas acompañó a la voz de Tom.

Skule se quedó en silencio, intentando procesar la información. Miró la pantalla de su móvil.

Numero oculto.

- ¡¿ME ESCUCHAS?! – Tom seguía gritando – ¡¡TIENE MI TELÉFONO!!

- Si – dijo en un susurro.

- ¡¡NO PODEMOS AYUDAROS HASTA QUE ANOCHEZCA!!

- Lo sé. No te preocupes la estaré esperando.

- Por favor hija, no dudes en hacer lo que sea

necesario. Ella no va a dudar en atacarte – Tom hablaba bajito.

- En caso necesario no dudare en defenderme.

- Prepárate no tardará.

Skule guardó su teléfono y empujó a Miguel. Ya tendremos tiempo para esto, ahora estamos en peligro.

***

Había llegado el momento de romper con el pasado.

Hasta ahora le había resultado imposible acabar con Tom y, quizás, era hora de aceptar la posibilidad de que él iba a seguir viviendo en este mundo y ella no iba a ser capaz de matarle.

De acuerdo, lo aceptaba.

Pero iba a hacer que su vida fuera un infierno. Si ella recordaba bien el carácter de Tom, él se iba a culpar de todo lo que le ocurriera a su recién descubierta hija. Esto iba a repercutir en todos sus amigos y, sobre todo, en la zorra pelirroja que lo había provocado, disparando a Skule cuando habían bajado a acabar con la mujer del líder del maldito aquelarre de Nueva York.

Anduvo a paso rápido por las inclinadas calles de la ciudad de Toledo en dirección al rio, donde había descubierto leyendo los mensajes del teléfono de Tom, que se ocultaban su hija y el maldito vampiro con el que se había emparejado.

Cuando llegó a la carretera que descendía del Castillo de San Servando, hacia uno de los puentes que cruzaban el Tajo, iba renegando por el dolor de pies que le había provocado la empedrada ciudad.

Divisó la impresionante torre mudéjar de la parte más cercana a la ciudad y aceleró el paso, mientras miraba hacia el Sol que en esos momentos lucía implacable en lo más alto del cielo.

En el momento que puso un pie sobre el puente, atravesando el túnel que pasaba por debajo de la torre, todos sus sentidos comenzaron a indicarle que su hija estaba cerca. Recorrió muy despacio los más de doscientos metros de calzada, que atravesaban el agua, dejando que sus poderes analizaran toda la zona. Ella poseía poderes sobre todos los elementos de la naturaleza y las piedras le hablaban, indicándole que su traidora hija estaba en contacto con ellas en algún lugar del puente.

La sentía perfectamente al otro lado de la construcción. Nunca pensó que su hija fuera tan estúpida como para menospreciar sus poderes de esa manera. Estaba segura que la maldita sangre de vampiro de su padre era la que le hacía tener ese defecto.

En el momento en que llegó a la puerta barroca del otro lado del rio percibió, sin ninguna duda, a Skule justo debajo de ella. Bordeó la construcción, sujetándose a los troncos de la vegetación que allí crecía, hasta llegar prácticamente a la orilla del rio.

Siguiendo las indicaciones de sus poderes, giró la cabeza para ver, justo debajo de uno de los arcos que sujetaban el puente a la tierra, una extraña manta con la forma de dos cuerpos debajo de ella.

Nanna levantó su brazo y, sin esperar a cerciorarse de que allí se ocultaban ellos, lanzó una brutal descarga de energía, que hizo que cualquier ser vivo que estuviera oculto allí se achicharrara.

Sorprendentemente el bulto se quedo estático.

Nana frunció el ceño y contuvo un grito de rabia.

Si esa estúpida cría se creía que podría engañarla, era que no conocía a su madre en absoluto.

***

Después de ayudar a Miguel a conseguir un nuevo escondite y preparar la manta con piedras debajo para que parecieran cuerpos, se había escondido en el lado contrario del enorme pilar, esperando a que apareciera la mujer que le había parido, ya no la consideraba nada más que eso.

Esa horrible mujer ya no era su madre.

Aunque le había costado desprenderse del sentimiento de familiaridad que la unía a ella. La imagen de la malvada bruja intentando matarla junto a su compañero, le había terminado de abrir los ojos. Hacia unos segundos todavía sopesaba la posibilidad de hacerla entrar en razón.

Estúpida.

Miguel le había pedido de todas las formas posibles que ella también se escondiera y que intentaran, ayudándose de los poderes que Skule había heredado de su padre, que ella no les encontrara hasta que fuera de noche, para poder enfrentarse a ella los dos juntos.

Skule sabia de sobra que sus poderes no harían nada a la poderosa bruja, muy al contrario, ella podría utilizarlos en su contra localizándola con más facilidad además, necesitaba ver con sus propios ojos como ella le atacaba sin ningún remordimiento.

Todavía era reacia a pensar, después de todo, que Nanna intentara matarla a sangre fría. Igual lo del aeropuerto había sido un arrebato del momento...

El fogonazo que impactó sobre la manta no era un toque de atención, ese iba con la fuerza suficiente para matar a cualquiera que se escondiera debajo.

Necesidad cubierta.

Nanna era una asquerosa egoísta, era capaz de matar a su propia hija antes de que esta eligiera a su padre por delante de ella.

Salió de su escondite y se enfrentó a ella.

- Me estabas buscando – dijo en posición de combate.

Nanna, sin contestarla, lanzó una descarga de energía contra ella.

Skule se agachó esquivándola, mientras lanzaba una de sus cuchillos a Nanna, haciéndole un profundo corte en el brazo.

- Ya no soy una desvalida muchacha a la que puedas manejar a tu antojo – dijo mientras sacaba otro de sus cuchillos del interior de su cazadora.

- Nunca me llegarás ni a la altura de los talones – dijo Nanna con inquina – tienes demasiado de tu padre – la última palabra la pronunció prácticamente escupiéndola.

- Siempre me has intentado insultar con esa frase – dijo muy tranquila – pero ahora sé que, más que un insulto, es un alago el parecerme a él.

- ¡¡Maldita seas!! – Nanna volvió a atacar, esta vez con las dos manos.

Skule vio como unas cuerdas de energía salían disparadas desde las manos de Nanna y, en decimas de segundos, se enredaban en sus muñecas. Con una insólita fuerza, fue desplazada por el aire, hasta que su espalda se estampó contra la piedra del puente.

Forcejeó, intentando deshacerse de las ataduras que estaban quemando sus muñecas, pero todo ese esfuerzo era inútil. La bruja estaba utilizando toda la fuerza que sus poderes le permitían.

La fría guerrera que llevaba dentro, la miró desde detrás de sus gafas de sol, como se iba acercando a ella mientras la mantenía sujeta.

- ¿Cómo has podido? – le dijo Nanna – Me debes la

vida.

- Yo no te debo nada – contestó Skule sin poder evitarlo – me has tenido engañada todos estos años.

- Eres una traidora y ahora vas a pagar por ello. Sabes de sobra que, el que me la hace, me la paga.

En el momento en que Skule la tuvo a la distancia correcta, lanzó una patada con todas sus fuerzas, propinándola un tremendo golpe en el pecho que la hizo caer hacia atrás. La energía que la mantenía atada aflojó su fuerza lo suficiente, como para que ella se pudiera mover, lanzándole el cuchillo que todavía tenía fuertemente sujeto en su mano derecha.

La afilada arma, se clavó a la altura de la clavícula de Nanna y, un estridente chillido, salió de su garganta. Skule no se dejó influenciar por los gritos de la bruja, sabía que no tendría muchas oportunidades de sobrevivir a un nuevo ataque y, en consecuencia, de sobrevivir Miguel.

Sabía positivamente que si Nanna conseguía acabar con ella, iría a por su compañero implacablemente.

Skule no dudó cuando fue avanzando hacia la bruja, mientras esta trastabillaba hacia atrás intentando sacarse el cuchillo del hombro.

El siguiente cuchillo hizo blanco en el otro hombro, los rojos hilos de sangre chorreaban por la blanca túnica. Nanna la miraba con los ojos muy abiertos como si no se pudiera creer lo que la estaba pasando.

Skule sacó el último cuchillo que le quedaba dentro de su cazadora y, apuntando hacia el corazón de la malvada mujer que le había parido, lo lanzó.

Nanna cayó hacia atrás desde la roca que la separaba del agua y se hundió en las oscuras y profundas aguas del rio, desapareciendo hacia el fondo arrastrada por la corriente.

Skule se asomó al salto de más de cuatro metros por donde había caído su madre pero, lo único que atinó a ver, fue un reflejo de la blanca túnica que vestía alejándose corriente abajo.

Enseguida desapareció en las profundidades y, después, nada.

Corrió hacia el hueco donde habían sacado una de las piedras de la columna y, en el cual, se había escondido Miguel. Ella había buscado un rincón sombrío y había extraído, a base de fuerza bruta, una de las enormes piedras de granito blanco. Después había ayudado a desplazarse a su compañero tapándole con la manta.

Esto les había costado tanto tiempo, para que no se quemara ninguna parte del cuerpo, que había temido que no le diera tiempo de esconderlo antes de que llegara su madre.

Quitó las numerosas ramas con las que había tapado el agujero y las sustituyó con la manta plomada que habían utilizado para cubrirse y después para engañar a Nanna.

- Dios Skule ¿estás bien? – dijo Miguel mientras salía

del agujero hacia la manta.

- Si – dijo ella con una extraña voz.

Miguel la abrazó tan fuerte que apenas podía respirar.

- Te amo tanto que me duele – le dijo Miguel.

- Dios Miguel – dijo Skule con la voz ahogada – creo que la he matado.

Miguel continuó abrazándola mientras ella lloraba en sus brazos soltado toda la su pena, su rabia, su frustración y muchos más sentimientos que en ese momento la embargaban.

***

La tarde paso tan despacio que Tom creía que iba a explotar.

Después de que colgara la llamada que hizo desde el teléfono público que había en la entrada del Spa, no había podido llamar a su hija. Habían quedado en que ella desconectara el teléfono, para que la zorra de Nanna no la llamara desde el teléfono que le había robado en su apartamento.

Las primeras horas de la tarde habían sido tranquilas en la instalación donde se refugiaban pero, a partir de las cinco de la tarde, varias personas comenzaron a bajar para relajarse en el circuito termal.

Ellos habían conseguido ropa de baño del propio hotel y estuvieron en remojo tanto tiempo, disimulando, que pensaron que les iban a salir escamas.

Stefan estuvo durante todas las horas sentado en el foso de agua fría. Su mano estaba sanando sin ningún problema, además, el sensual vampiro no dejó de ligar con el empleado del hotel que se encargaba de la instalación. El hombre estaba tan deslumbrado con el ruso que, en el momento que cayó la noche y ellos salieron hacia su apartamento, les preguntó que porque se iban tan pronto. Stefan le dedicó una caliente mirada que prometía muchas cosas, mientras cogía el número de teléfono que el hombre le ofrecía apuntado en una de las tarjetas del establecimiento.

Ese ruso no tenía remedio.

Subieron al nuevo apartamento que les habían asignado, en el que el personal del hotel se había encargado de trasladar todas sus cosas.

Tom se metió corriendo en uno de los dormitorios para vestirse. En menos de un minuto ya salía corriendo con la mochila de las armas colgada en su espalda, cuando se chocó con Stefan que entraba a la habitación, hablando por su móvil, con una sonrisa de oreja a oreja en la cara.

- Deja ya el puto teléfono – le dijo Tom – la vida de mi hija está en peligro y tu solo piensas en donde la vas a meter esta noche.

- ¿Eso piensas de mí? – dijo el ruso.

- Yo no pienso nada - Tom le miró con fuego en los ojos – lo afirmó.

Stefan, sin decir una palabra, le tendió el teléfono a Tom. Este miró la pantalla y vio el nombre del contacto con el que estaba hablando el ruso.

"Skule"

Joder...

Menuda metedura de pata.

- Hola, hola – la voz de Skule se oía al otro lado de la línea.

- Hola – dijo Tom mientras se disculpaba con Stefan con la mirada.

- Todo ha terminado. Miguel y yo estamos bien.

- ¿Nanna no os ha encontrado?

- Si lo hizo.

- Oh Dios...

- Creo que la maté.

- Silencio.

- ¿Estás bien? – preguntó Tom.

- Skule no contestó a la pregunta.

- Vamos a por vosotros – Dijo Tom.

- Estamos en la orilla del río. Bajo el puente.

- Tom colgó el teléfono y se lo devolvió a su dueño.

- Lo siento – dijo.

- Está bien – le contestó Stefan sin mucha convicción.

- Todos, ya más tranquilos, salieron en dirección al río Tajo.

Capítulo 20

¿Abría sido capaz de atacarla?

Michael llevaba haciéndose esa pregunta desde el momento en que Jimena había salido de la habitación de la clínica donde él estaba ingresado.

Todo había sido tan rápido, que no le había dado tiempo a plantearse lo que realmente había sentido al entrar la mujer embarazada. Pero ahora, después de darle muchas vueltas, todo estaba claro como el agua.

No. No la habría atacado.

El salvaje impulso que le había hecho lanzarse contra Carlos, no lo había sentido en ningún momento, cuando Jimena había entrado en la habitación.

Michael recordó la sensación que le había embargado cuando la sangre de Carlos le había vuelto loco. Sobre todo el olor.

El olor a sangre, ese liquido espeso que le daba la vida y que ahora comprendía perfectamente porque todos ellos entraban en una especie de éxtasis cada vez que lo bebían, ni siquiera el más exquisito whisky escocés le había hecho sentir aquel placer. Era pura ambrosía.

En cuanto el aroma de la sangre había inundado sus fosas nasales, la orden de atacar se había implantado en la parte frontal de su cerebro y, su lado racional, se había ido al rincón más profundo de su mente, dejando que el lado animal tomara el control.

Joder. Como iba a disculparse con Carlos por semejante locura.

Había atacado a su jefe, su amigo…

Aunque sería una conversación algo incómoda, esperaba que su jefe lo entendiera. Aquello había sido una pelea entre machos, en la que las fuerzas eran parecidas y todo se había arreglado con unas cuantas heridas para coser. Seguro que todo quedaría en eso.

Pero, lo que realmente le había jodido, había sido la reacción de vampiro con respecto a Jimena. Él, realmente había pensado que la atacaría. Aunque en el fondo entendía la reacción protectora de Carlos, no podía evitar sentirse herido.

Michael nunca había tenido la intención de atacarla. Cuando Jimena había entrado en la habitación, no había sentido ese impulso. El olor de Jimena era especial, no de la manera en que le había hecho saltar sobre Carlos. Era el olor de una hembra preñada y, eso en la naturaleza de un animal salvaje, era terreno vedado.

Eso y que acababa de beberse de un trago una botella de 0+.

Definitivamente él no abría atacado a Jimena.

Todos habían salido de la habitación tan deprisa, que no habían podido contarle lo que realmente había pasado la noche anterior. Aunque no tenía idea de los detalles, Michael podía hacerse una idea de los acontecimientos.

Resumiendo, la cosa podía haber sido así:

Borracho estúpido que se la pega con la moto.

Una buena compañera que sale a buscarle.

Un cadáver en la cuneta.

Una buena vampira, a la cual da pena, que se niega a dejarle morir y que seguramente, en esos momentos, se estaría arrepintiendo de haberlo hecho.

Un estúpido nuevo vampiro que ataca a uno de sus mejores amigos.

Fin.

Estaba claro que ella le había convertido en vampiro antes de dejar que él muriera y, aunque él había querido estar en esta situación en su vida anterior, ahora no estaba seguro de que hubiera sido una buena idea.

¿Qué iba a hacer él, amargado toda la eternidad, si no era correspondido por Carmen?

Probablemente, comerse una mierda.

***

Carmen miraba a Marta desde detrás de la barra. La pelirroja hablaba por teléfono con Tom, con una gran sonrisa en los labios y lágrimas en los ojos.

Todos habían recibido un escueto mensaje desde España al grupo de WhatsApp.

"Todo bien. Volvemos en veinticuatro horas"

Ella estaba bastante informada por medio de su amigo Stefan. Este le había llamado, en el momento en que todo estuvo solucionado, para contarle todos los detalles. Había estado tan profundamente hundida en su propia miseria, que no había sido consciente de lo peligroso de la misión en la que se habían embarcado sus amigos.

La vida de todos había estado en serio peligro.

Gracias a que al final había salido bien, si no, ella, no hubiera podido superar ese golpe. Su corazón tenía demasiadas cuchilladas como para poder superar otra. Eso la hubiera terminado de hundir en el mandito pozo, haciéndola que se ahogara con la asquerosa inmundicia del fondo.

Quizás tendría que haber ido con ellos a España para ayudar.

Pero entonces…

¿Quién hubiera convertido a Michael?

Él ahora estaría muerto.

El simple pensamiento de esa posibilidad, hacía que el estomago se le revolviera y que le temblaran las piernas.

Marta le había comentado que el neófito vampiro estaba bien y que se mantenía ingresado en la clínica por seguridad. Pero la prudente mujer no le había forzado con más información, había esperado a que Carmen estuviera preparada para hacer las preguntas que le rondaban por la cabeza. Cosa que de momento no había ocurrido y no sabía si ocurriría en un corto plazo. Probablemente no.

Después de la crisis del día anterior, ella había abierto el club como cualquier noche, acompañada por Marta. La mujer no se había separado de ella en ningún momento.

Bendita fuera la compañera de Tom.

Había intentado centrarse en el trabajo para intentar evadirse de los pensamientos que le atormentaban. Así que, allí estaba ella, con la mejor de sus sonrisas, poniendo copas y contestando amablemente a todos los comentarios que le hacían sobre su nuevo corte de pelo.

La puerta del club se abrió. Carlos y Jimena cogidos de la mano bajaron las escaleras. Cuando llegaron a la altura donde estaba Marta, la embarazadísima mujer se sentó junto a su amiga, dándole un emotivo abrazo.

- Ya se ha acabado la pesadilla – dijo Jimena.

- Yo, hasta que no les vea en carne y hueso, no voy a

estar tranquila – contestó Marta.

Carmen le puso un "trifásico" a Jimena, la bebida que tomaba desde que estaba embarazada, esto era una mezcla de zumos de piña, melocotón y uva. Ese nombre lo habían traído de uno de los bares de Madrid que frecuentaban las españolas, a Carmen le había hecho tanta gracia, que lo había adoptado para el Hematology.

- ¿Qué vas a tomar jefe? – le preguntó a Carlos.

- Una Bud estaría bien – dijo Carlos.

- Carmen le sirvió la cerveza.

- ¿Cómo estás? – preguntó Carlos.

- Diría bien, pero mentiría - le dijo – más bien, estable dentro de la gravedad.

- Entiendo.

- No creo. Pero igualmente te lo agradezco – dijo ella con una sonrisa que no le llegó a los ojos.

- Te queda bien tu nuevo corte de pelo – dijo Carlos cambiando de tema.

- Para lo bueno o para lo malo, hay que darle las gracias a Marta.

- Estás muy guapa Carmen, como siempre.

Ella agradeció que otro cliente la reclamara desde el otro extremo de la barra. No soportaba el cariz íntimo que estaba tomando la conversación. Le hubiera gustado interrogarle sobre el estado de Michael y saber, con pelos y señales, lo que había ocurrido a partir de cuando ella había salido corriendo de la clínica. Le gustaría que su jefe se lo relatara como una grabadora, sin luego freírla a preguntas o con miradas de lástima.

Que la tuvieran lástima le volvía tan agresiva, que sería capaz de sacarle las tripas al más pintado.

Sabía que, tarde o temprano, tendría que enfrentar a todos sus fantasmas, pero, de momento, iba a ser una maldita cobarde y seguiría eludiendo la realidad. Era consciente de que llegaría el momento en que Michael se cruzaría en su camino y tendría que explicarle los motivos por los cuales había tomado la decisión de convertirle.

Esperaba que no la odiara por ello.

Como le gustaría no estar tan defectuosa. Le encantaría ser una de esas mujeres, a las que la vida les ha ido más o menos bien y que pueden aceptar que cualquier persona, o vampiro, fuera del sexo que fuera, se le acercara e, incluso, que la tocara. Pero, por desgracia, eso no era lo que la vida le había preparado a ella.

Maldita fuera.

***

Agnetha se despertó de nuevo en la cama del hospital donde llevaba varios días ingresada.

Había pasado las últimas horas en un duermevela, seguramente inducido por algún sedante, administrado por el goteo que tenía conectado al brazo.

La última vez que había hablado con el doctor se había puesto bastante nerviosa. Quería saber dónde estaba su hermana y porque nadie le decía porque no estaba junto a ella. Esto le había provocado una crisis nerviosa, acompañada de su ya conocida urticaria. El doctor inmediatamente le había inyectado en el frasco de suero algo que le había tenido adormilada durante todas esas horas.

Pero, al parecer, el efecto debía de haberse pasado, pues en ese momento se encontraba bastante más espabilada.

Muy despacio comenzó a incorporarse, inclinándose hacia un lado, para que no se le fuera la cabeza.

Despacito, despacito, despacito…

La habitación dio tres mortales con dos tirabuzones de salida, clavándola en la cama por unos cuantos minutos, hasta que las paredes dejaron de bailar el mambo.

Cuando por fin su cabeza se quedó quieta y su estomago se tranquilizó. Intentó de nuevo la maniobra, plantó los pies en el suelo y se quedó parada probando mientras se sujetaba a la cama.

Vale, de momento todo seguía en su sitio.

Fue arrastrando el palo de goteo hasta el baño y cerró la puerta. Después de utilizar el retrete se lavó la cara y las manos y se quedó mirando la imagen que le devolvía el espejo mientras se secaba.

Estaba tan roja que parecía que acababa de venir de una playa del Caribe, aunque, extrañamente no le picaba. Seguramente que el coctel que había en el frasco de cristal al cual estaba conectada, tenía algo que ver.

Cuando salió de nuevo a la habitación, observó la desordenada cama. Desestimando el volver a tumbarse sobre ella. Con lo que le había costado levantarse, mejor sería que aprovechara que su cuerpo, de momento, le estaba permitiendo estar en posición vertical y saliera para ver si conseguía que alguien le diera alguna noticia de su hermana.

Ella recordaba que el doctor le había dicho que se encontraba bien, pero no había conseguido seguir hablando pues, en ese mismo momento, le habían puesto más sedante y se había quedado dormida.

Abrió la puerta del pasillo, alegrándose de que a nadie le hubiera dado por cerrar la puerta con llave. Miró hacia cada lado, comprobando que no había moros en la costa y se dirigió hacia donde sus instintos le indicaban que se encontraba Thora.

Recorrió el largo pasillo demasiado despacio para su gusto, pues las grapas de su abdomen tiraban y, sus debilitadas piernas, no le permitían ir mucho más deprisa. Cuando por fin consiguió terminar el largo recorrido hasta la puerta del fondo, sintió fuertemente la presencia de Thora.

Estaba, sin lugar a dudas, al otro lado de la puerta.

Agnetha intentó abrir, sabiendo de antemano que la puerta estaría cerrada con llave. Conociendo a su enojadiza hermana, si no estuviera encerrada, abría salido de allí aunque fuera arrastrándose, para cogerla a ella y llevarla hacia el aeropuerto en dirección a su hogar. Eso era tan cierto como que la bruja llamada Nanna las había engañado y utilizado para vengarse de ese clan de vampiros de Nueva York, del cual ahora, no estaba tan segura que lo tuvieran merecido.

El deber por ser las líderes de su aquelarre, las había obligado a verse envueltas en esta historia, de la cual ellas no tenían nada que ver.

Llamó a la puerta mientras arrimaba su boca a la ranura para hablar.

- Thora – dijo bajito.

Sintió como unos pasos corrían dentro de la habitación y se acercaban a la puerta.

- Agnetha ¿estás bien? – dijo la voz de su hermana desde el interior.

- Si. Más o menos. Tengo grapas en el abdomen.

- Lo sé… oh Dios mío, menos mal – dijo Thora sollozando – el doctor me dijo que te habían tenido que operar, pero no me han dejado salir de aquí. Maldito sea, cuando le ponga las manos encima…

- Thora tranquilizarte por favor – dijo ella en voz baja – esta gente nos está ayudando.

- ¡¡Me tienen prisionera!!

- No nos conocen y veníamos con su enemiga – razonó Agnetha – es normal que no se fíen de nosotras. Y además tú …

- ¿Yo qué?

- Seguramente… conociéndote… no habrás sido muy colaboradora.

- Ya, ya. Colaborar en un país desconocido, a miles de kilometros de casa, con tu hermana pequeña con un puñal clavado en el abdomen… no es tan fácil.

- Lo sé y lo siento. Debí ser más precavida.

- Debiste sí. Lo que nunca debimos es venir a este país de locos, para ayudar a una maldita mujer que no conocíamos de nada. Ursa me va a oír cuando volvamos – dijo Thora ofuscada.

- Nunca se sabe porque el destino decide estas cosas. pero estoy segura que siempre hay algún motivo.

- Odio cuando te pones filosófica.

- Lo sé - Agnetha tuvo que sonreír por el comentario de su hermana.

Unos fuertes pasos sonaron por el pasillo acercándose hacia donde ella estaba. Era imposible esconderse en ningún sitio o irse de allí, pues la habitación de su hermana estaba donde terminaba el pasillo, así que Agnetha decidió enfrentarse a quien fuera y exigir que liberaran a su hermana.

***

Adrian había decidido hablar de nuevo con la impetuosa mujer de la habitación de seguridad del fondo del pasillo. Intentaría razonar con ella, para que le contara las razones por las cuales habían venido acompañando a la madre de Skule. Tenía el presentimiento de que ellas habían sido engañadas por la bruja asesina de vampiros. No podía creer que la hermosa joven que le tenía totalmente embobado, fuera de la misma calaña que Nanna.

Las dos mujeres eran hermanas. Esto le había quedado claro después de escuchar a la mujer durante veinticuatro llamándola a gritos. En ningún momento pronunció su nombre, solo decía hermana. Estuvo a punto de dejarla salir pero, con el panorama que había en la clínica, no había querido arriesgarse a que, además, hubiera una bruja despechada suelta por los pasillos.

Ahora que todo parecía estar más tranquilo, había llegado el momento de enfrentarse a ella.

Iba despistado, sumido en sus propios pensamientos, cuando vio la imagen de la mujer que había operado hacia unos días, en camisón y con el palo del goteo, plantada delante de la puerta de la habitación de seguridad, con los brazos cruzados y el ceño fruncido.

- ¿Qué haces aquí? – dijo Adrian – no deberías estar fuera de la cama.

- Eso mismo te iba a preguntar yo a ti – contestó ella – y, lo que es más importante ¿Qué hace mi hermana ahí? – la mujer descruzó los brazos para señalar con el pulgar la habitación que había detrás de ella.

- La tenemos retenida por seguridad – dijo él algo avergonzado – ahora venía a hablar con ella.

- Exijo que la pongas en libertad ahora mismo – ordenó la mujer.

- Está bien, si ella no supone ningún peligro para ningún trabajador o paciente de la clínica, podrá moverse por las instalaciones libremente hasta que tú estés en condiciones de salir de aquí.

- Ah, vale – la mujer parecía sorprendida.

Adrian se acercó a ella y el olor que desprendía su piel le embargó, haciendo que sus encías le pincharan. Sintió como ella se estremecía pero, muy valientemente, se mantuvo en su sitio sin moverse ni un centímetro. Era una joven muy valiente. Los vampiros y las brujas históricamente no habían sido muy bien avenidos y, ella estaba manteniendo el tipo delante de él con una valentía que, más de una persona el doble de grande, querría para sí misma.

Acercó la llave que llevaba en la mano a la cerradura y abrió la puerta. La mujer que había en el interior cogió a su paciente del brazo, tirando bruscamente para meterla en el interior de la habitación y la arrinconó, protegiéndola con su propio cuerpo.

- No te acerques si no quieres salir mal herido – le amenazó.

- Thora déjalo – dijo la pequeña mujer.

290

- No me fio de nadie – contesto Thora.

- ¿No crees que si os hubiéramos querido hacer daño ya lo hubiéramos hecho? – razonó Adrian – la he tenido en mi quirófano por un par de horas.

- Bueno… eso no quiere decir nada – insistió la cabezota mujer.

- Thora déjale hablar.

- Está bien, pero si no me gusta lo que dice…

Adrian les explicó la situación lo mas resumidamente posible, omitiendo los detalles personales. Las mujeres le miraban con los ojos como platos. Si antes había estado casi seguro de que ellas habían sido engañadas por Nanna, ahora estaba convencido de que así había sido. Cuando terminó su alegato, ellas se quedaron en silencio por un largo rato, hasta que asimilaron toda la información.

- Necesito mi teléfono – dijo la mujer llamada Thora – he de avisar a mi hermana mayor.

- Está bien.

Adrian llamó a la enfermera jefe para pedirle las pertenencias de las dos mujeres.

- De momento tenéis que quedaros aquí. Ella…

- Agnetha – dijo la pequeña.

- Agnetha – las silabas de su nombre le dejaron un sabor dulce en la boca - no está preparada para que le den el alta. Puedes alojarte en su habitación, hay una cama libre.

- Está bien, pero sólo porque mi hermana lo necesita –
dijo la orgullosa mujer.

Adrian había estado hablando esa misma noche con
Carlos. Quedaron en que él hablaría con ellas e intentaría
que se quedaran en las instalaciones de la clínica hasta
que Tom estuviera en la ciudad y pudiera leerles la
mente para detectar si ellas estaban mintiendo, mientas
tanto, intentarían que las dos estuvieran lo más cómodas
posible, dadas las circunstancias.

Salió de la habitación dejando a las dos mujeres solas.
Las silabas del nombre de la pequeña mujer le
retumbaban en la cabeza, como si fuera eco.

AG-NE-THA.

Epílogo

El hotel les había proporcionado un reservado en el restaurante que tenían en las bodegas.

Miguel conectó la webcam del PC e, inmediatamente, vio la cara de su suegro. Madre mía, que raro era ver a Tom en su nuevo papel del padre de su compañera, pero así era la vida, sorprendente.

Al principio, deambulas por ella, esperando que todo lo que tienes en mente ocurra, como si fuese algo incuestionable que todos tus sueños y proyectos ocurran tarde o temprano. Pero cuando llevas una larguísima espera de casi trescientos años, el deambular se vuelve tan tedioso, que pierdes cualquier esperanza de que algo cambie y te de ese chute de energía que necesitas para seguir adelante.

Si una cosa le había quedado clara a Miguel en esos tres siglos de existencia, era que la inmortalidad podía ser el mejor regalo o la mayor maldición, dependiendo de con lo que el destino te obsequiara. El en ese momento se consideraba el ser más afortunado del planeta. Le acababa de tocar el gordo de la lotería y todavía le iba a costar una temporada el ser consciente de la suerte que había tenido.

Pero no es oro todo lo que reluce. La relación con Skule no había sido un cuento de hadas y, seguramente, no lo seria de aquí en adelante. Ellos tenían que aprender a tratarse para, de una forma consensuada, adaptarse el uno al otro.

Este proceso requería algo de tiempo sin que nadie interfiriera. Así que los dos habían decidido quedarse una temporada en Toledo, alojados en el emblemático Hotel Pintor El Greco.

Carlos, siguiendo una propuesta de Jimena, había organizado una cena esa noche en el restaurante El Pote de Nueva York, para celebrar que todos estaban sanos y salvos. Habían conseguido deshacerse de una de las mayores enemigas que habían tenido en los últimos cien años y, como ellos no iban a estar para esa fecha en la ciudad, Tom había tenido la buena idea de acercarlos de forma virtual.

El innovador vampiro colocó el PC sobre un aparador del comedor del restaurante, para que la webcam tuviera la mejor perspectiva de la enorme mesa que les habían preparado.

Como si lo tuvieran ensayado, uno por uno, fueron saludando hacia el monitor.

Tom se sentó y arrastró a Marta sobre sus rodillas.

Carlos presidía la mesa, con su mujer sentada a su lado y apoyada sobre su hombro de forma cariñosa.

Adrian, el joven doctor con el que había hecho amistad en esos días, se sentaba a continuación, junto a las dos mujeres rubias, que habían venido con su madre y que, según Tom, habían sido tan victimas como ellos mismos.

Los tres rusos, Desya, Borya y Stefan se sentaban a continuación y bromeaban entre ellos sobre si era mejor el vodka o el whisky.

Carmen estaba al lado de Stefan, a Miguel no le gustó nada, la mirada de la atormentada Vampira. Él conocía algo de su historia porque, ella le había pedido ayuda en una ocasión por una crisis de ansiedad, por supuesto, eso era secreto profesional. El doctor decidió que le llamaría al día siguiente.

Al otro lado de la mesa, se sentaban varios trabajadores de la empresa, entre los que se encontraban Sebastián, que miraba con cara de pocos amigos a Stefan, Violeta, Erika que cogía abiertamente la mano de Lola y todas las demás compañeras del Salón.

A Miguel no se le pasó por alto que una de las personas más importantes faltaba. Él había estado hablando con Adrian en varias ocasiones en los últimos días y este le había puesto al día sobre todas las novedades que habían ocurrido en la clínica. El muchacho se había comportado como un veterano doctor y había gestionado todo con verdadera profesionalidad. No podía estar más orgulloso de su pupilo, pero había algo que realmente le preocupaba y no quería que quedara ningún cabo suelto.

El cambio de humano a vampiro era algo bastante impredecible, no siempre era igual y, cada ser, lo llevaba de una manera diferente. Aunque con los años la mayoría de los vampiros eran mucho más controlables, en los primeros meses tras la transformación, podían ser de lo mas variables. Había dado unos cuantos consejos médicos a Adrian sobre todo lo que él conocía sobre el tema, pero, aun así, las peculiaridades de esta transformación le preocupaban, en especial por quien había sido la transformadora y, sobre todo, por los porqués.

La silla al lado de Lola estaba vacía y no hacía falta pensar mucho para saber para quien había sido preparada. El nuevo vampiro había sido dado de alta de la clínica hacia un par de días y, desde entonces, no se le había visto por la empresa. Nadie sabía donde se había metido y estaban realmente preocupados por él, pero Carlos se había negado a tenerle como a un prisionero. Todos ellos habían pasado por ese proceso de adaptación y cuanto antes se hiciera a su nueva vida, mejor.

Miguel vio a través de la pantalla, como Carlos se levantaba de su silla con la copa de vino en la mano para hacer un brindis.

El vampiro comenzó a hablar, pero la frase se quedó a medias. Todo el mundo en la sala se quedó en silencio con la copa de vino en la mano.

Una enorme mano recorrió la silla vacía y un gran cuerpo se sentó en ella. La inmensa espalda quedó en primer plano en su monitor, impidiéndole ver al resto de los presentes, excepto, a uno.

Si era verdad lo que decían sobre que la cara era el espejo del alma, Carmen nunca había tenido un alma mas atormentada.

FIN

-Saga-

En Compañía de Vampiros

www.armorena.com

www.ingramcontent.com/pod-product-compliance
Lightning Source LLC
Chambersburg PA
CBHW031558240626
47153CB00002B/548